Annie-Françoise BEAUBERT-BOUSIGES

Son courage à son cou

Roman contemporain

Editions Amalthée

Consultez notre site internet

Pour tout contact :
Editions Amalthée — 2 rue Crucy — 44005 Nantes Cedex 1
www.editions-amalthee.com

À Celui et à Ceux que j'aime

Les héros ont leur accès de crainte,
les poltrons des instants de bravoure.

Stendhal (Journal)

Beaucoup seraient lâches, s'ils en avaient le courage

T. Fuller

Comme nous ne sommes pas sûr de notre courage,
nous ne voulons pas avoir l'air de douter du courage d'autrui

J. Renard
(Journal 1893-1898)

CHAP. 1

C'est le 19 mai 2009, un soir souple et léger, comme tant d'autres, où rien d'exceptionnel n'aurait dû survenir. Sur le quai de la gare, les lueurs du soleil commencent à vaciller. *Le TER n° 60017 en provenance d'Orléans et à destination de Nantes, annoncé à 17 h 25, entrera en gare voie 2*. À l'annonce du train, les gens s'ébrouent, sans savoir précisément que faire.

Les uns s'approchent de la bordure du quai, les autres en éloignent les jeunes enfants. Certains veulent à tout prix anticiper sur l'embarquement, croient pouvoir y parvenir en se situant en face de l'emplacement présumé des portes du train. Pour certains, un but soudain urgent, comme si la machine n'allait pas démarrer pour tous à la même heure. Le train les a tous aperçus puis passés en revue. Il couine. S'étire en une longue stridence, puis s'immobilise. On s'agglutine. On s'observe de côté sans se regarder. Les derniers baisers. Ceux qui n'attendent que les autres. Les ultimes. Des sourires las et hypocrites. *Ouf ! ils partent !* Des peines ensevelies sous le maquillage ou des solitudes derrière les écouteurs. *À la joie de te revoir bientôt* ! *Bon voyage et merci pour tout !* L'impatience fait évaluer du regard la longueur ou le volume des files d'attente. *Aurais-je plus de chance à la porte suivante ? au wagon précédent ?*

Évidemment la valise ne peut passer en même temps que le postérieur 5 XXL. Pourquoi cette exaspération dans l'attente de monter ? L'appréhension du départ ? L'émoi de la séparation ? L'empressement à les quitter ? L'irritabilité pour ce qui va advenir ? Ou l'agacement à l'idée qu'il n'y aura plus de places assises ? Dans le sens de la marche ? Aïe ! le drame à éviter. *C'est vrai, quoi, ça me donne mal au cœur.*

Cette montée approximative ne se déroule pas nécessairement dans l'ordre prévisible. Les gens s'entremêlent au hasard, que l'inadvertance d'une politesse parfois corrige. Parce qu'un jeune homme laisse passer une vieille dame. Parce que la poussette du petit ne se replie pas comme la notice l'a pourtant précisément décrit. Restent encore sur le quai les mithridatisés au quotidien. Quelques habitués, les mains posées au fond de leurs poches ou sur la bandoulière de leur sac. Deux amoureux inséparables. Un méditatif esseulé. La course essoufflée d'un retardataire au regard inquiet. Le quai est maintenant vide. Offert au vent.

C'est un wagon à l'ancienne, compartimenté. Chacun cherche *sa* place. Le plus souvent, à l'instinct. Généralement selon une impression fugace. Ici, parce qu'il reste un siège près de la fenêtre. Là, parce que les rideaux ne sont pas tirés. Mais parfois certains y consacrent plusieurs minutes : ils vont et reviennent sur leurs pas, hésitent, soupèsent les avantages et inconvénients d'un voisinage jugé déjà encombrant ou trop bruyant.

Entre dans le premier compartiment une jeune fille, élancée et gracile. Elle s'assied près de la vitre sale. Regarde ostensiblement vers l'extérieur. Une femme sans âge se place à sa gauche. Elle glisse ses paquets sous ses genoux, dans un crissement plastifié. Puis elle lisse sa jupe pour reformer les plis. Enlève une poussière sur son genou. Ne relève pas ses yeux, ils pourraient en rencontrer d'autres. L'homme qui est installé en face d'elle a sorti *Le Monde* de sous son bras. Il regarde sur le quai les personnes qui cherchent, une main en visière, leurs voyageurs attitrés. Un homme à imperméable gris est d'abord passé une première fois dans le couloir. Il revient, s'interroge. On a bien cru qu'il repartait, mais il s'est coulé dans le compartiment sans que quiconque n'en prenne conscience, à gauche en entrant, juste à côté de la porte.

On attend. L'homme au journal observe sa montre en secouant la tête. C'est comme s'il y avait un petit retard. Il sent qu'il y a un retard. La jeune fille soupire – *Ah ! elle aussi, elle voit bien que le train va encore une fois partir en retard* – son *Biba* sur les cuisses qu'elle a découvertes et qui sont agréablement bronzées. Peut-être un peu artificiellement.

La couleur des collants laineux de sa voisine est celle, indistincte, terne et sombre de la mauvaise humeur. Comme sa jupe, d'une couleur marron indéterminée, de mauvais poil, elle aussi. Comparativement, le pull, chiné vert sapin et vert sombre paraît presque avenant. L'imperméable près du couloir héberge une ombre d'homme rapetissée dans sa grisaille un peu trop large. Discrète comme chaque soir. Et d'ailleurs chaque matin aussi, puisqu'il prend ce train tous les jours, aux mêmes heures, dans ce même wagon et d'ailleurs aussi dans ce même compartiment, à la même place, après les mêmes hésitations. En voilà un qui de toutes les façons aurait été là ce soir-là.

Les ongles roses de la demoiselle s'impatientent dans un petit tambourinement guilleret, puis plus sec. Délicieusement écœurant, ce rose. Comme une barbe à papa qui a chaud. De plus en plus rapide, le pianotement. Ses cils aussi s'agitent, mais plus lentement, comme des palmes noires, en toute séduction.

Sur le quai, les silhouettes en négatif ont disparu. Des rais de soleil donnent de l'ocre où doivent stationner des particules que l'orientation empêche de discerner. Le décor de la gare se déplace doucement. La demoiselle articule : *c'est pas trop tôt !* L'homme au journal observe à nouveau sa montre. Il grommelle pour lui, mais de façon à ce que tous entendent : *cinq minutes de retard... le jour où la SNCF sera à l'heure !*

Lentement les rues se dérobent. Les maisons perdent de leur réalité. Des arbres s'écoulent. Traveling réussi, avant qu'il ne s'emballe peu à peu. La vitesse fait surgir des maisons cossues rafraichies par les ombres de grands arbres élégants. Des ruelles zigzagantes. La silhouette imposante de la cathédrale. Les deux flèches de Saint Nicolas. Plus loin des immeubles tachetés de fenêtres, quelques murs balafrés de tags, des voitures agglutinées en parkings. Les parallélépipèdes des zones commerciales se coiffent d'enseignes déjà rougeoyantes. Les voitures ruissellent le long des voies rapides. D'ailleurs pas vraiment rapides à cette heure-ci. Au loin le scintillement de La Loire, paresseuse et puissante, toute d'argent et de langueur…

Dehors tout doit ronfler, gronder, claquer, klaxonner, souffler, siffler, pérorer, pétarader… toute une clameur de fin de travail à laquelle chacun semble indifférent. Terme d'une activité tenue à bonne distance. Tapage de fin de journée, silencieux derrière la vitre souillée, tandis que le bruit déjà régulier des roues sur les rails commence à marteler doucement les tympans. Sur les routes, les véhicules foncent derrière ceux qui les précèdent. Longs rubans discontinus dans une improbable abstinence de bruits. Peu à peu, on devine le soupir des champs. Une brise indiscrète rebrousse les herbes des talus.

Le jaune criard du colza fait pétiller les yeux. Tout juste s'il ne fait pas saliver. Dans la verdure des jeunes pousses de blé, fuient de rares chemins ondulants. Au loin, les feuilles suffoquent sous le vent frais. Les buissons sont saoulés par de brèves bourrasques. En se glissant entre les arbres, la brise les fait se courber. Elle doit y faire un joli vacarme ! Le défilé, en s'accélérant, pique les yeux.

L'ombre d'homme, hébergée dans l'imperméable gris, voudrait bien avoir moins chaud. Elle décide de se lever. Dans l'indifférence compartimentale, elle se rassied. C'est encombrant un imperméable, il faudrait le poser au-dessus, dans l'emplacement prévu à cet effet.

Comme c'est prévu à cet effet, il faut bien le plier et l'y déposer. Il s'est relevé. C'est fait.

Rien ne peut détourner l'homme au journal de la lecture du *Monde*, pas même les efforts vestimentaires de son voisin. *Le Monde,* qui très certainement n'accepte d'être lu qu'avec sérieux, concède d'être provisoirement replié. La réalité présente n'est pas du tout dans ce compartiment, sur lequel il porte un regard absent, mais dans ces pages chèrement recroquevillées sur ses genoux. Son regard est tourné vers l'Europe, l'international, la planète…

Nouvelle ouverture ample du journal et nouvelle lecture concentrée de l'intellectuel… mais qui reste à la portée de tous. Cette conscience incisive du Professeur qui porte un examen si pénétrant sur l'actualité. À l'accent circonflexe de ses sourcils et à la profondeur de la ride entre eux, on peut mesurer l'exhaussement de sa réflexion. Une compréhension affinée de la vie politique, sociale et économique du monde.

Le visage de la femme est sommeilleux. Les cernes en forme de preuve. Mais elle se refuse du repos. Elle cherche, dans une crispante convulsion de sacs plastifiés, d'autant plus longue qu'elle cherche à l'aveuglette, sans sortir son sac de sous ses genoux… elle pourrait heurter les jambes de pantalon de l'homme en face d'elle et y sentir de vraies jambes. Elle évite donc tout mouvement suspect. Sortent enfin du sac des tournebroches en plastique, piqués dans une pelote de laine beige. Le modèle papier de la veste en lainage à venir est fatigué aux encoignures. Bientôt ses mains s'agitent dans un cliquetis rassérénant… du moins semble t-il pour elle. Son visage s'absente et son regard part flotter vers l'horizon trouble.

Le petit miroir agrandit le regard éthéré de la jeune fille. Le mascara épaissit son intensité. Une poudre chatoyante mauve ombre ses paupières. Elle humecte ses lèvres pour mieux répartir la crème de gloss rosée qu'elle vient d'y déposer. Dans une moue délicieuse en forme de baiser suggéré, elle en rectifie la régularité. Son parfum sucré offre un brin de préciosité à l'air épais du compartiment. Vérification. Contrôle. Diagnostics. Évaluation. Certification ISO 2020. Un fugitif sourire qui se flatte lui-même. Tout va bien, elle se plaît.

La promiscuité est réelle mais chacun tente de l'ignorer parce qu'elle n'apporte rien, rien qu'une gêne moins imprécise qu'ils ne la souhaiteraient. Un voisinage, cadencé par les roues du train, que l'on voudrait plus distant. Ces jambes que l'on ne peut allonger sans empiéter sur le territoire de l'autre. Cette obligation de partager un lieu terne, heureusement provisoire, même s'il est utile, agace sournoisement, irrite silencieusement.

Visiblement aucun des passagers n'est en quête d'une rencontre altruiste et désintéressée. Pas de *Bonjour ! vous allez bien ? quel temps aujourd'hui ! mais on nous promet de la pluie ce week-end*... L'idée d'un échange de mots rebattus sur la météo leur semblerait totalement saugrenue.

Une proximité contrainte et incongrue dont les esprits des quatre voyageurs voudraient se distancier, qui force chacun à s'égarer dans ses pensées, étonné d'être si proche de ses voisins et si étranger à eux. Etre planté si près, presque à se toucher, alors que l'on veut s'ignorer : le paradoxe est comique ! Mais personne n'a visiblement envie d'en rire.

Des inconnus si différents qu'un bref voyage collecte, sans les rassembler. Juste un concours de circonstances, une coïncidence occasionnelle, un rapprochement contingent et muet. Sans avenir. Juste cette soirée du 19 mai 2009, côte à côte, face à face. Un rapprochement physique, sans indulgence ni aménité. Rien n'aurait dû advenir ce jour-là, dans ce compartiment-là, qui eût pu tous les concerner, et qu'ils risquent bien d'avoir plus de difficulté à oublier qu'à se souvenir.

À quoi bon tenter un échange ? Aucun psychologue en verve ou sociologue observateur dans ce compartiment, aucun dragueur en manque ou ménagère de plus de cinquante ans en mal de rencontre. Pas de chien ou de bébé comme prétextes à bavardages, rien que du silence banal, de l'ordinaire taciturne.

Chacun vaque dans son labyrinthe personnel. Les uns en rappel, les autres à grandes enjambées, au hasard de leurs pensées et de leurs soucis. D'abord qu'ont-ils de commun ? Ils sont tous adossés et voyagent côte à côte, ignorants de leur passé comme de leur destination et sans aucune intention de s'y intéresser ni maintenant ni dans un instant. Dans une indifférence somnolente et une impassibilité confuse, ils se laissent transporter. C'est le soir du 19 mai 2009. Le TER n° 60017 en provenance d'Orléans roule vers Nantes.

CHAP. 2

Une voix crie au loin, sans doute dans un wagon voisin. On n'a aucun mal à deviner la colère au fond de la gorge. Brutalement la porte du wagon s'ouvre… les trépidations du train couvrent deux voix très proches. Un homme et un contrôleur s'engagent dans le couloir. Tandis que l'homme vitupère, le contrôleur tente d'expliquer.

— *Je regrette, Monsieur, vous ne possédez pas le titre de transport qui convient.*

— *Je vous dis que c'est une erreur. Quand je prends le train, je voyage toujours en première ! Je ne supporte pas la promiscuité des secondes !*

— *Certainement, mais il faut détenir le billet qui correspond, Monsieur… Vidord.*

— *C'est d'autant plus stupide qu'il y a encore de la place en première ! Je suis prêt à payer !*

— *Pour l'instant, mais d'autres voyageurs vont monter au prochain arrêt.*

— *Comment en êtes-vous si sûr ! ? Attendez de le constater ! Vous m'obligez à changer de place, sans savoir. Monter dans un vieux wagon à compartiments des années soixante, du siècle dernier. C'est inconcevable ! Avec mon bagage ! C'est vraiment pour le plaisir d'emmerder les gens ! Vous n'avez que ça à faire ? Hein ? Emmerder les gens ?*

Le contrôleur l'invite, d'un geste très adapté à cet espace, à entrer dans le compartiment.

— C'est inouï de payer des gens pour vous polluer la vie ! Franchement vous ne devez pas être fier de votre boulot à la con ? Hein ?

Le tympan, étant également très aguerri à ces sonorités en "on", le contrôleur s'éloigne sans s'attarder.

— Ah j'vous jure ! que des bons à rien qui vous font chier ! C'est ça le service public ! Des minables qui vous font chier quand ils ne sont pas en RTT ! ou en grève !

Il trace son chemin pour s'asseoir devant la jeune fille. Bouscule le pantalon gris, le noir et les jambes laineuses. Sanglé dans sa suffisante prestance, il purge en un instant le compartiment de son espace. Anesthésiés, les quatre occupants vivent ce même instant en apnée, regards inexpressifs. Exceptée cependant la lectrice de *Biba* (Aaah ! on aperçoit aussi *Girls* en dessous).

C'est comme en classe quand la prof interroge, chacun est super occupé à ne pas la regarder ! Moi j'trouve ça plutôt marrant les mecs comme ce... Vidord. Et elle continue à l'observer tranquillement. Son cou enflé hésite entre le cramoisi et le ferrugineux. Ses yeux sont rabougris de mépris. La graisse ne supporte pas trop l'emportement : elle suinte par les pores, de bons orifices à liquéfaction. *Plutôt efficaces les siens !* Opportuns pour éviter l'occlusion coléreuse.

Mais Vidord n'en n'a pas fini avec sa fureur. Il faut que quelqu'un d'autre en bénéficie… Le téléphone portable ! Bien plus avantageux que l'antique mouchoir pour éponger le front et la furie. Divin portable ! Judicieux expédient !

… Ah enfin ! ça fait une heure que je vous appelle… vous conduisez ?… j'en ai rien à foutre de vos obligations !… vos obligations ce sont mes ordres ! qui est le patron ? hein ? qui ?… ouais, parfaitement, c'est moi ! je ne vous ai pas autorisée à quitter le boulot à 17 heures !… Vous savez que vous vous êtes trompée ? ! vous m'avez pris un billet en seconde ! Vous vous foutez de moi ?… Déjà que ma bagnole n'était pas prête à cause de ce con de garagiste qu'est pas foutu de respecter son… son… Et vous, en plus vous vous trompez ! Vous me faites voyager dans un compartiment à bestiaux… Désolée, désolée… gna gna gna. Vous ne savez répéter que ça ! et vous croyez que ça m'suffit ? Bon à quelle heure j'arrive ?… Voilà dans deux heures et demi ! et vous pensez que je vais supporter tous ces p'tits cons de deuxième classe pendant trois heures ? ! dans ce wagon à bestiaux où je ne peux même pas étendre mes jambes, pas les étendre pendant quatre heures !… Et tâchez d'être à l'heure demain matin ! Vous m'entendez ? Et n'oubliez pas, mon petit, mon café brûlant !! Il s'esclaffa, sachant la tête qu'elle faisait au même moment. Il laissait toujours son café, qu'il exigeait brûlant, refroidir lentement, avant de l'avaler d'un trait.

C'eut été difficile de ne pas l'entendre. Vidord se dresse pour ranger son portable dans sa poche. Ça tire un peu, faut dire qu'il le remplit bien son pantalon. Il grommelle, s'agite. Il se sent sous les bras. Effectivement la sueur a une odeur aigrelette. Tous les nez présents s'en étaient rendu compte ! Pas lui ? Le col est poisseux. Soudain, il se tait. Enfin ! Souffle quand même plusieurs fois. L'air reprend un peu possession de l'espace, bien saturé.

Vidord se relève. Tente d'élargir son espace vital. Prend son sac de voyage Vuitton, un peu affaissé, sans doute pas fier de voyager en seconde. Sort son ordinateur. Le replace. Rubicon. Mais il a dû être sportif. Monsieur Vidord a de bons restes. Grand. Fort. Pas qu'en gueule. La jeune fille l'observe toujours. Le costume bien taillé. Les Méphistos rutilantes. Son sourire en coin trahit l'impression qu'il lui a faite. Ce comportement d'homme arrivé, ça a d'l'allure. Le front et la mâchoire énergiques, il a d'la gueule !

Véloce, malgré sa corpulence. Ses jambes érigent la solidité du personnage. La jeune fille doit replier les siennes ce qui fait remonter sa jupe et tomber *Biba, Girls* et *Muteen*. Elle se penche pour les ramasser. Alors il la voit ! Il examine ses cuisses. Remonte vers le visage. Redescend vers sa poitrine. Mesure, se calme. Ausculte, s'apaise. Expulse bruyamment l'air et fronce les sourcils, ce qui aurait pu lui conférer un air avantageux.

Sans le regarder vraiment, ils l'ont tous vu, senti et jaugé. Son parfum poivré mêlé à l'acidité de sa sueur s'épand dans tout le compartiment. On dirait un steamer des années cinquante, un peu balourd et suffoquant. Fini l'eau de toilette suave de la jeune fille (*Dior* ou *Givenchy ?*), totalement accaparée par l'odeur bien musquée de Vidord ! Impossible de ne pas en profiter.

Dans le silence revenu, le métronome des roues sur les rails se fait à nouveau entendre. La respiration du train. Coureur de fond régulier, sûr, infatigable et serein. Un vague sourire sur les lèvres, la jeune fille promène son regard sur le contre-jour vaporeux, qu'une fumée dilue et que vivement un mince rayon de soleil met en relief.

L'homme du *Monde* a repris sa lecture assidue. Il est tout à son continent de réflexions et de pensées. Les lignes de force de l'univers à l'étude sont là, dans ces lettres ordonnées, ces titres gras, ces photos grisées, ces articles de fond et ces chroniques incisives.

La femme frotte ses aiguilles à tricoter avec l'acharnement d'un Sisyphe bête et têtu, la seule qui n'ait pas levé les yeux vers lui, même furtivement, délibérément concentrée sur son avenir laineux.

L'ombre d'homme gris se dissout. Pourquoi le prend-on d'emblée pour un minable ? Le visage est banal, certes. Les cheveux rares, soit. La peau terne, il faut bien en convenir et la commissure des lèvres un peu pendante. Les épaules basses, aussi. Mais il n'est pas laid ! Aucune difformité. Aucune irrégularité. Pas une éraflure. Même pas vraiment de rides. Le regard ne fuit pas. Les mains ne tremblent pas. Bien qu'oubliées sur ses genoux, elles ont même quelque chose d'énergique. Ce n'est pas un sportif, non, on aurait quelques difficultés à trouver du muscle ailleurs que sur ses mains, mais il en a bien un peu puisque son squelette n'est pas affaissé. Il se tient parfaitement droit mais sans rigidité. Personne ne s'est assis en face de lui.

Quand Vidord est entré dans le compartiment, il a préféré déranger tout le monde. Sa colère l'a emporté jusqu'où il pouvait aller c'est-à-dire jusqu'à la fenêtre. Actuellement, il gigote d'une fesse sur l'autre. Il agite également l'extrémité de ses chaussures, dans un minuscule va-et-vient vertical et nerveux. Il tortille sa bouche, la redresse, la tiraille d'un côté, de l'autre, la suce. Gonfle la lèvre supérieure en escamotant l'inférieure. Le tout dans un charivari autant vigoureux que saliveux. La mâchoire tantôt proéminente, tantôt rentrante. Une improvisation grimaceuse et vulgaire. Mais finalement plutôt drolatique. La jeune fille ne peut s'empêcher de le regarder sans en avoir l'air. Son regard mêlé d'admiration et de moquerie.

Contraste avec lui, son voisin l'intello, mi stator mi rotor. Le corps ferme met en valeur une musculature assez impressionnante. Elle tire sur les coutures, mais pas de la même façon que celle du voisin. Vidord est fessu, ventru, là où l'intello est musclé. Alors que la tête va et vient de droite et de gauche, au rythme de la lecture, le reste du corps ne bouge pas, d'une immobilité hiératique. À croire que ses yeux se déplacent moins facilement que sa figure, sauf s'il veut faire remarquer qu'il lit très vite.

Par l'encolure entrouverte, on peut estimer la solidité et la puissance de son thorax. Il est bombé, au bon endroit, pas au niveau de la ceinture, au poitrail. Ses cuisses tendent la toile de son pantalon. Du beau muscle, certainement. La tête va et vient de droite et de gauche au rythme des anciennes machines à écrire : sa tête progresse vers la droite, puis, brusquement, revient à la ligne par un mouvement bref vers la gauche. Le train ralentit. Le haut parleur crachote. Mais du compartiment, dont la porte donnant sur le couloir est fermée, on n'entend rien de précis.

En face de lui, la thaumaturge du tricot trace sa trajectoire. Le lainage s'allonge déjà visiblement. D'un coup d'œil rapide, elle vérifie sur le modèle papier, tout ratatiné aux coins. Et elle reprend son œuvre, tête baissée. Ses cheveux coupés au carré effacent son visage. Epaules rentrées. Menton esquivé. Mais acharnée, tenace. De brèves œillades vers le paysage révèleraient pourtant, à celui qui se trouverait sur l'itinéraire, moins de concentration que d'indifférence. En fait, les aiguilles se percutent machinalement, séquestrées dans leur croisement incessant, ligotées par un fil de laine obstinément enserré autour des pointes par un bref mouvement d'enveloppement répétitif.

Personne n'a pris garde au ralentissement. De toutes façons personne ne semble porter un intérêt à l'environnement. Le panneau indiquant la gare est passé trop vite. Seuls les habitués savent de quelle étape il s'agit. Dans un grincement nauséabond le train s'immobilise. Un petit troupeau diffus d'individus se devine à travers les vitres du couloir. Encombrement. Faut toujours que ceux qui montent prennent l'initiative avant que tous ceux qui descendent ne soient tous sortis.

Grommellement de Vidord, impatience de son voisin musculeux. Personne ne s'inquiète car il ne reste qu'une place, les nouveaux venus vont donc les laisser entre eux. Eux, les habitants du premier compartiment, les occupants avec titre. Face à l'arrivée des nouveaux venus, ils feraient presque front, comme si une sorte d'esprit de corps les unissait malgré eux, les premiers occupants. Les assaillants s'engouffrent et effectivement enfilent le couloir.

Tout sourire blanc, une grande et forte femme noire, dans son magnifique boubou coloré avance difficilement en poussant devant elle deux angelots aussi joufflus que les habituels chérubins, mais en noir. Deux lycéens, aux écouteurs greffés, se parlent comme s'ils s'entendaient et vérifient d'un coup d'œil rapide que le premier compartiment ne peut leur convenir. Un groupe de jeunes, la capuche sur le front et le jean à mi cuisses, rigole et se bouscule, de gros sacs de sport sur le dos. Un monsieur chapeauté est tiré par son caniche frisotant fraichement toiletté. Personne n'a pénétré dans leur compartiment. Ouf ! Ils sont chez eux. C'est du moins ce que se dit la tricoteuse.

Comme le train se relance, des criaillements stridents font sursauter les passagers. Vidord saisit son téléphone à la gorge.

— Oui, allo !... ah, Truffont !... Hein ? Qu'est-ce que tu racontes ? Encore cet enfoiré ! Mais renvoie-le dans les cordes. J'en ai rien à faire. Qu'il paye ! Pas d'excuse... Non, tu m'entends, c'est NON ! Je ne tolèrerai aucun retard ! pour qui il me prend, cet abruti ? Salut !

Il fait claquer le boitier de l'air satisfait du type coriace à qui on ne la fait pas. Alors que chacun se tient tranquille, comme s'il avait été le bénéficiaire du coup de fil, Vidord s'agite à nouveau. Tout à l'excitation de sa réponse. Il plastronne. Satisfait de lui même, gorgé d'un orgueil, objectivement piteux, mais subjectivement bienfaisant. Son sourire méprise les petits, les moins que rien c'est-à-dire ceux qui ne peuvent pas payer. Ceux qui l'emmerdent. Ceux qui travaillent pour lui. Ceux pour qui il travaille. Les employés, les clients, les banquiers… *Tous des p'tits cons*.

Une placidité, un tant soit peu artificielle, maquille les visages des quatre autres compartimentaliers, que ce type et ses coups de fil laissent à la fois légèrement crispés mais apparemment apathiques. Excepté la jeune fille au regard moqueur.

Le journal, pardon *Le Monde*, se replie dans un bruissement opportun. Le bruit ça peut faire diversion. Son lecteur, au menton affirmé et au large front, se lève, fouille dans sa sacoche et en ressort un livre. Les yeux de la jeune fille se fixent sur le marque page : une photo de body bulder super musculeux huilé et dépoilé à souhait, à la ressemblance frappante avec le lecteur ! Au dos : Moi, Boris. Internationaux de Paris, le 25 avril 2009. *Cool le mec !* La proximité a quand même du bon, se dit-elle, satisfaite d'en savoir un peu plus sur son voisinage masculin.

CHAP. 3

Pensées ...

— **la femme qui tricote.** Je vais me placer près de cette gamine, euh cette jeune fille. Là je serai bien. Zut, je n'avais pas remarqué qu'en face de moi il va y avoir cet homme. Mais si je me décale d'une place, je risque de le vexer. De toutes façons j'en ai pas pour très longtemps, je descends à Saumur. Je vais tricoter dans mon coin. Un peu fort son parfum. Franchement, elle pourrait s'habiller encore plus court. Enfin c'est encore une gamine ! Toute fraîche. Une gamine.

— **la jeune fille.** Non mais elle s'est vue la mémé avec ses vieilles godasses et son collant en laine. Au mois de mai ! J'préfère regarder le paysage. Et puis non ! je vais me voir, m'aaaadmirer, m'aiaimer. J'ai quand même de plus beaux yeux que Pergame. Elle se croit la plus belle de la classe. En attendant, c'est moi qu'les mecs regardent… Ah c'était bien cette compét'. Après, je me maquiiiille. Ouaiais, nickel… J'suis plutôt contente de mes résultats. Au cent mètres brasse, j'suis la meilleure. Au crawl, en régional, c'est toujours Martina qui gagne, ça m'énerve ! Elle est faite comme un boudin et pourtant c'est un bolide… Mais à la longueur de cils, j'me défends bien aussi. Lààà, du mascara noir, je retrace la ligne de khôl en bordure de cils et c'est supeeer !

— **l'homme en imperméable gris.** Finalement, c'est le premier compartiment qui me semble le plus tranquille. Avec les deux femmes. J'ai fait les sept compartiments du wagon. Le deuxième a les rideaux fermés. Le troisième est occupé par une mère et son bébé.

Le quatrième, quatre copains de boulot y discutent. Le cinquième sent le renfermé et le vomis. Le sixième est presque rempli par quatre personnes volumineuses. Le septième ? non je n'aime pas le chiffre sept. Quelle chaleur ! C'est étouffant comme dans la salle du TGI, avec ses fenêtres trop hautes pour être ouvertes. Rester tranquille est la meilleure technique pour réguler sa température. Je vais quand même retirer cet imperméable. D'ailleurs il ne m'a servi à rien. Mais il vaut mieux le prendre au cas où. Début mai, le temps reste incertain. Pauvre maman, elle a toujours froid, elle. Parfois je me demande si mon sourire ne la réchauffe pas plus sûrement que toutes ses couvertures. Elle était un peu triste aujourd'hui.

— **Vidord.** Quand j'pense qu'il va falloir supporter cette bande de p'tits cons de deuxième classe ! J'ai horreur du train. Et cette pouffiasse qui s'est plantée. Mais je la paye pour quoi faire ? des conneries ? Si ce garagiste à la con avait fait son boulot à temps j'en serai pas là. C'est pas la peine d'aller chez un concessionnaire BMW pour qu'on vous dise… *j'ai pas la pièce*… Y a cette petite gamine en face qu'est pas mal fichue. Il lui manque quelques heures de vol. Mais elle n'a pas l'air fragile. Bon, v'la Truffont qui m'appelle… Non, mais, avec le fric, on n'blague pas ! C'est que j'ai mes p'tites nanas à nourrir, moi. Quand je pense au bon resto d'hier soir. C'était bien venu après la journée passée avec tous ces bouseux. Tout ça à cause du vieux.

— **l'homme au journal.** J'aurais dû prendre aussi Libé ou Le Canard. Ah Plantu, quel humour ! Voyons… *Les particuliers désemparés… Les médecins refusent… L'afflux des chômeurs… La nouvelle donne diplomatique…* J'oubliais l'édito de Fottorino… de qualité, de qualité. *Le risque pandémique… Les entreprises appellent à plus de… Perplexité sur le front… Les multiples scandales… L'inquiétude monte à propos du sort de… Le Pakistan à l'épreuve des talibans.* Les pubs vont bientôt prendre plus de place que les articles. *Le Monde* n'est plus ce qu'il était, mais il faut bien reconnaître qu'on ne peut s'en passer ! Page 8 *La coalition entre pouvoir et opposition menace de... À Madagascar, l'armée envahit... Contre l'immigration et la drogue... La Lettonie prépare des coupes budgétaires... La grève dans les transports... Les agents de pôle emploi au bord de la crise de nerfs...* Vivement que le chômage baisse pour qu'ils se reposent ! *L'avenir de compromis... La réforme de trop... L'Elysée ne tolèrera pas un nouveau revers...*

— **la jeune fille.** Et bien il ne passe pas inaperçu, celui-là. J'halluciiiine ! Il fait bien son mètre quatre vingt dix. Quatre vingt dix kilos. Invivable, d'accord. Mais il a d'la gueule. Il a pas froid au yeux le mec. Qu'est-ce qu'il transpire. Tiens on dirait une cicatrice près d'son col. Ouaououh un vrai mâle qui sait se battre ! J'aime bien ces voix chaudes et graves comme la sienne. C'est pas mal les gens qui s'y croient un peu. Moi j'apprécie ceux qui en ont. J'en ai assez de tous ceux qui se plaignent. Qui font la tête. Qui se saoulent. Qui fument. Qui râlent. Et les filles au bahut qui s'font des crasses par derrière. Quant aux mecs qui rigolent dans leur coin, en s'foutant des meufs, ils ont une dégaine d'affalés. Moi j'm'en fous. Ce que je vois c'est que c'est cool pour moi au bahut. J'ai de bonnes notes et ça suffit aux parents. Et sans bosser beaucoup. Du coup, ils me laissent tranquille. J'fais ce que je veux, quoi. J'ai d'l'argent pour m'acheter toutes les fringues que j'veux et un peu de shit de temps en temps. J'peux sortir. J'peux faire des compét. J'peux aller au ciné. J'peux sortir en boîte. C'est franchement nickel. Et Marjolaine qui m'a traité de « nantie » avec son p'tit cul pincé de star de la télé réalité des années quatre vingt dix. Elle s'est vue avec ses gros nichons et sa perruque blondasse en pétard ?

— **la femme qui tricote.** Il faut que je me calme. Je dois tricoter, tricoter sans m'occuper de lui. Zut j'ai loupé une maille. Il est insupportable. Qu'il se taise. Qu'il la ferme. Là, je vais fermer mes écoutilles. Il peut toujours pester dans son coin. Ne pas écouter, ça je sais faire. Normalement je dois savoir faire. Depuis toute petite on m'a appris à me tenir tranquille sans parler. Il croit que je n'ai pas d'entraînement ? Cinquante ans ! Ça fait cinquante ans que je suis entraînée à ne plus… Il a la même voix que lui. Dans le ventre de ma mère déjà je devais l'entendre cette sale voix. Jamais content, le père… Et la mère ? je ne risquais pas de l'entendre. Inutile d'invoquer le clapotis du liquide amniotique, le vrombissement du flux sanguin ou les gargouillis intestinaux, de toutes façons, elle ne devait déjà pas parler, encore moins à moi. Alors je ne risquais pas de la sentir me faire des guiliguilis avec son placenta ou de l'entendre me chuchoter des petits mots d'amour en relevant son col de l'utérus. Les mots, écrits comme ça avec le cœur, elle connaît pas. Le monde du silence des profondeurs utérines. Cousteau m'aurait déjà pris pour un baleineau sourd et muet. Autisme à haut risque. Silence, excepté pour me dire que j'ai toujours été son cauchemar dès l'instant où j'ai voulu sortir. Voulu ? si j'avais su que ce serait pire après… c'était juste pour voir si c'était plus gai dehors que dedans. Dès mes premières cellules, elle devait déjà penser que je l'encombrais… En cellules souches, j'étais déjà une sale mioche insupportable !…Te fais pas d'mal, Josette, te fais pas de mal. Allons, ne te fais pas de mal. Tricote, bêtasse, tricote. Ça va passer.

— **la jeune fille.** Il va être bon mon bulletin de trimestre. La prof d'anglais m'a à la bonne. Depuis que je suis allée à Cardiff, où elle va passer ses vacances chaque été, je suis encore plus douée ! Padoque, le prof de géo, il dort tout le temps, il suffit que je lui fasse les yeux doux quand il se réveille et il se rendort comme un bienheureux en ânonnant son papier. Pas compliqué de réussir en géo, tu lui récites son cours par cœur ! En français et en math, j'me défonce. Ils ont pas compris, les autres de la classe, que les études ça se résume aux maths et au français. En plus, les profs sont bons. Quand on a des profs clairs, c'est pas compliqué, t'écoutes à fond et tu sais tout en rentrant chez toi. Avec Post-it, c'est toujours les mêmes sujets d'une année sur l'autre. Il suffit de mettre tes post-it aux bons endroits dans l'bouquin d'histoire et t'es cool. Je me marre bien avec Sans blaaague. C'est toujours la teuf avec lui. T'es un génie, sans blaaague, dès lors que tu ne fais pas comme les autres. C'est un intello un peu shooté et fou de Coluche… Une fois qu't'as compris ça, t'es cool. Avec son sujet les « Oiseaux du ciel » ils ont tous cru que j'aurais une sale note. Mais quand il a vu mon carton tout noir et des plumes striées de quelque coups de fourchette dans l'épaisseur de ma vieille gouache, il a commencé à réfléchir. Puis il a vu l'œil dans un coin, le seul truc que j'avais travaillé. Et j'lui ai dit *Au ciel, y a pas que les oiseaux du paradis, y a aussi l'enfer*. Sans blaague, qu'il m'a dit en griffonnant un 18/20 au dos de ma feuille Canson. Aah la tête des autres !

— **l'homme en imperméable gris.** Je ne sais pas si j'ai bien fait d'enlever mon imperméable, j'ai un peu froid maintenant. À moins que ça ne soit ce type braillard qui me donne des frissons. Franchement, il se prend pour qui ? Quel espèce de rapace… rapace… Maman aimait beaucoup les oiseaux : les mésanges, les rouges-gorges, les chardonnerets. Elle leur préparait leur repas d'hiver avec du beurre salé et des graines de tournesol. Elle vérifiait que l'eau ne gèle pas. Je ne sais si elle préférait leurs murmures discontinus ou leurs vrilles matinales. Elle a toujours donné au silence de la limpidité. L'attente lui semblait plus fugitive que l'instant. Maintenant l'attente s'est calcifiée, les instants se sont cancérisés. L'attente prend vraiment son temps… Alzheimer ? un grand psychiatre allemand, 1864-1917, oui, découvreur de la maladie, oui, on désigne aujourd'hui tous ces malades par son nom… Je vais noter mes impressions du jour dans mon petit carnet noir : 19 mai. Maman a mangé ce midi une purée aux épinards, un yaourt sucré et ce soir je lui ai fait manger quelques cuillerées d'une crème caramélisée enrichie en magnésium et une compote pomme/abricot.

Ah le festin ! à croire qu'elle savait que c'était son anniversaire ! Évidemment pour la bougie c'était pas terrible dans la compote. Aujourd'hui, elle s'est tenue éveillée trois heures. Elle pèse 45 kg. Son regard vagabonde. Quand je me place en face de lui, parfois il me sourit.

CHAP. 4

Vidord s'agite du pouce, avec ardeur. Il relève de temps en temps le nez, d'un air presque inspiré. Comme s'il réfléchissait, alors qu'il s'agit d'une DS Nitendo. Il en impose et il le sait. Il est aux commandes ! Il est très fier de son parcours et ne peut s'empêcher de le dire aux p'tits cons qui l'entourent ou qu'ils rencontrent : *Quand on vient de si bas, on ne peut se montrer que plus haut que là où l'on est !* Ah ah ! il se sait vraiment drôle ! en tout cas il le veut et il l'est, car il estime qu'il est arrivé très haut, en toute objectivité vidordienne…

Vidord, un nom qu'il abhorre. Un nom de sans nom. De délaissé. De venu de nulle part. Pas même d'un ventre. Puisque sa mère l'a abandonné dès sa naissance. Il est né d'un XY ? non ! il est né sous X ! Comme il aime à se vanter. Choquer pour se hausser. Une de ses méthodes de domination… La vie a voulu se refermer sur lui ? Il va la dompter ! On a voulu l'amenuiser, l'abolir ? Il va tout surpasser, assujettir ! On l'a considéré comme un insignifiant, un « vaut-rien » ? Il va se venger et tout maîtriser ! Ah ces maîtres et leurs éloges… *ne peut rester en place, ne se tient à rien, ne fixe pas son attention, intelligent (ah quand même !) mais instable, incapable de se concentrer…* Quand on est déserté par sa propre mère, quand son père, trop occupé par ses propres conneries décide un beau jour de la stratégie de l'indisponibilité à vie, on fait un bras d'honneur à la vie ! parce qu'un bras d'honneur est cassé mais qu'il se relève en se terminant par un poing ! parce que l'honneur on le place tout seul là où on le décide !

Oui, tout cela lui est revenu aujourd'hui en pleine gueule. Toutes ces pensées se sont invitées à ce foutu enterrement. Alors il leur a dit à tous ces culs terreux ce qu'il en pensait d'eux et de leurs principes pourris ! Il leur a dit qu'ils pouvaient rester dans leur gadoue. Heureusement qu'après il s'est payé un bon gueuleton au restaurant ! une de ces p'tites cuisines traditionnelles, huuuum, avec une de ces p'tites serveuses avec un joli p'tit derrière, comme Vidord les apprécie !

Boris, l'intellectuel musculeux, lit d'un air pénétré. Dans son impassible hauteur de vue, il circonscrit les informations importantes. Il devra les faire siennes et les placer au bon endroit de son cours. Une jouissance chaque jour renouvelée : épater ses jeunes étudiants. Les prendre d'un peu haut. Pas trop quand même. Juste pour être écouté avec acuité. Admiré ? il n'en écartait pas la délicieuse occurrence.

Révéler et expliciter les liens entre l'actualité et le passé, ne jamais envisager l'économie sous un seul angle, y ajouter du financier, de l'humain, de la politique et de la géopolitique afin d'objectiver leur pensée. Les contraindre à réfléchir. Comprendre les ressorts d'une stratégie politique : les négociations et les déclarations officielles, mais aussi les ventes d'armes, les invitations d'anciens terroristes, hier vilipendés, aujourd'hui accueillis avec leur suite, les fausses vitupérations télévisées, les financements occultes, les pots de vin, les rétroconcessions…

Construire un raisonnement acéré. Argumenter avec ardeur, mais rigueur. Habile défenseur des valeurs humanistes, il veut affranchir ses étudiants des préjugés, alors qu'ils n'ont qu'une envie : se laisser aller en prolongement de son opinion. C'est plus cool et ça rapporte plus ! Pourtant il ne veut pas les uniformiser, surtout pas ! Ils doivent être libres de penser par eux-mêmes ! Et que font-ils ces disciplinés du savoir ? Ils prennent des notes ! Leur cervelle est au bout de leur stylo… avec ses pensées, à lui ! Il les veut libres de réfléchir par eux-mêmes, mais pour la plupart d'entre eux, tout converge vers l'examen, les résultats. Et le mieux pour réussir son exam, n'est-ce pas d'apprendre et de répéter les bataillons de notes prises ? enfin, pas tous, quand même. Ils ne sont pas tous comme ça…

L'ombre grise pense qu'il lui aurait fallu une autre vie. Néanmoins, il s'est fait à la sienne et ne la céderait pour rien au monde. Il y a dans la sienne une fausse routine. Une apparente répétition. Une sorte de rengaine. Et cette relation au temps lui est douce et même indispensable. Une existence sans envergure, enfin c'est ce que pensent en général les gens en le voyant. Les jours passent comme une patrouille. Avec régularité, mais contrairement à ce que certains pourraient croire, sans monotonie, avec juste l'assurance qu'une patrouille confère. Chaque matin est une aube connue, familière mais qui pourtant cache toutes sortes de matins…

Car personne ne sait que derrière l'aube, s'ouvre pour lui une infinité de vies avec des rebondissements, des inconnues, de redoutables stratagèmes et lui, le minable petit greffier, il a cette chance inouïe : celle d'approcher la vérité de chacun. Il entre dans les raisons de chaque acte, les motivations de chaque infraction. Tout comportement est révélateur, toute mimique parlante. Il enquête, croit comprendre, se méfie, tremble, craint, avance à petits pas, s'aventure partout… Il creuse, il fouille, il parlemente, négocie, surveille, vérifie. Et chaque matin, en allant travailler au palais de justice, il sait qu'il va jouir de ce privilège unique et ignoré de tous.

C'est bien plus précieux qu'une carrière éclatante, bien plus palpitant qu'une épopée romanesque à travers le temps ou l'espace ! Car tout en étant d'une vigilance rigoureuse, celle que son métier requiert – silencieux, attentif, incroyablement minutieux – il palpite, halète, harangue, manipule, récidive… Qui pourrait deviner qu'il vit tant de vies, là juste assis, muet et impassible, à droite du tribunal ? Il vit au cœur de la vie des autres. Il vit leur vie à tous, à chacun. Par procuration, mais sans les risques, là derrière son bureau, assis en bon chien de garde apparemment résigné.

C'est comme dans un film, sauf que c'est la vraie vie ! Comme à leur insu, alors qu'il est le scribe de toutes leurs aventures, il pénètre dans la vie des parties au procès… par effraction légitime ! Par ordre de la loi ! Qui pourrait croire qu'il ressent cette excitation, sans parler ni bouger de toutes ses journées, les doigts courant sur le clavier, en bon greffier scrupuleux ? !

Tranquillement assis, il vit toutes ces vies tumultueuses, faites de débris, de déchirures, de complots, d'abandons, de violence, parfois aussi d'amitié et de désolation. Elles arrivent en vrac, et lui, il (enfin les juges) remet un peu tout ça en ordre dans les jugements. *Attendu que… attendu que… nonobstant… par ces motifs… décide…* la porte s'ouvre sur ses aventures à eux, donc à lui qui les écrit…

Pour Josette, rien de tel que de tricoter pour se vider la tête. Combien de fois ne s'est-elle pas répétée ce constat ? En entendant la voix grave et grossière de cette brute, elle s'est tout entière retrouvée dans son enfance. Dès le premier jour de sa vie, elle a dû signer une décharge à ses parents comme quoi elle ne les ennuierait jamais, qu'elle ferait tout ce qu'ils décideraient, qu'elle ne mangerait que lorsqu'ils lui en donneraient l'ordre, et de même pour dormir, se laver, aller et venir… Lui avaient-ils demandé son avis avant de la faire ? Non, alors ils n'allaient pas s'encombrer de ça après ! Impossible de les neutraliser, les contourner, les leurrer, nuancer, improviser, inventer astuces, pièges, acrobaties. Les autres enfants peut-être, sûrement même, et dès l'âge de deux ans, mais elle, elle a découvert tous ces détours et astuces trop tard, beaucoup trop tard. D'ailleurs pendant longtemps, on n'aurait jamais pu lui faire dire que ses parents étaient ne serait-ce que… sévères. Pour celui qui n'a connu que la rigidité et l'intransigeance, elles constituent la norme. La seule règle qui existe ! Comment concevoir la compréhension, la douceur ou l'ouverture d'esprit quand on ne les a jamais croisées ?

Elle avait signé dès le premier jour, en se conformant aux biberons de 7h, 11h, 15h, 19h et 22h pour les trois premières semaines ; celui de 22 h étant supprimé dès la quatrième. Ni cinq minutes avant, ni cinq après. La quantité requise, non par son estomac, mais par le médecin. Son destin fut, en ce jour de naissance, le 1er mai 1952, déterminé par ses parents, les médecins et plus tard les professeurs. Une destinée sanglée, ligotée, enserrée, comme le bébé déjà tout maillоté qui était sorti du ventre de sa mère ce jour-là. La vie pouvait la malmener à son aise, elle obéirait !

La lectrice de *Biba* se sait belle. Le genre de don du destin dont le premier intéressé se rend vite compte. Elle est à la joie de plaire, séduire et conquérir. Elle jouit de cela avec une auto assurance et une identité si affirmées qu'elles impriment à sa vie ni doute, ni remords, ni incertitude. Avec ça, elle a envie de tout vivre ! Normal ! Et la vie est d'accord ! Elle lui dit *oui, oui, encore !* Elle lui offre tout ce dont elle a besoin : de bonnes notes pour avoir la paix avec les parents, de belles réussites en sport pour se faire plaisir, de beaux succès auprès des hommes parce que les p'tits mecs de sa classe sont un peu jeunes pour bien faire ça…

De toutes façons, plaire aux parents n'est pas difficile : le père est trop occupé, il est banquier. Etre décideur et patron ce n'est pas seulement spectaculaire (beaux costumes, belles maisons, belles voitures, beaux tableaux, belles vacances…) c'est être aussi oublieux du reste du monde. Existe-t-il quelque chose d'autre que l'argent ? En tout cas, ni elle, ni sa mère d'ailleurs, n'existent pour lui, mais elles s'en moquent bien : ça leur laisse du temps pour faire les boutiques.

Cela convient parfaitement à Mona (que ses copains surnomment évidemment Lisa), qui se sait être la plus heureuse des filles. Ses camarades de lycée se plaignent de parents saoulant d'ordres, relous d'angoisse, à la production d'interdits aussi intensive qu'aléatoirement sanctionnés. Elle, elle est libre, totalement libre. Sans père, excepté pour les thunes. Mona ne comprend pas pourquoi ses amies quémandent toujours plus. Elle ne manque jamais de rien.

Sa mère voyage. En plus elle est très occupée entre ses amants poètes, linguistes, grammairiens et… prof. de muscu. Elle hésite, passant de l'un à l'autre *parce que tu comprends, ma chérie, il faut bien répartir les frais !* Son père n'y trouve rien à redire, ces types ne sont pas des concurrents sérieux : ils appartiennent au petit monde des intellectuels sans le sou (… il ne sait pas pour le prof de culture physique qui possède trois salles de gym dans les beaux quartiers, qui sert de coach à quelques stars de la télé et qui produit quelques émissions pour bien sculpter son corps).

Pour sa mère, il suffit que Mona soit charmante et subtile. De quoi se plaindrait-elle ? Une ado doit forcément traverser une crise pour être elle-même ! ? Fadaises ! elle est bien dans ses Converses, ses talons aiguilles ou ses tongs en jean ! elle en a rien à faire de ses parents, qu'ils vivent comme ils veulent, du moment qu'ils la laissent libre de faire ce qu'elle veut et qu'ils lui en donnent les moyens !

Le train a repris son rythme apaisant. Pour le musculeux lecteur du *Monde*, dénommé Boris, cette régularité ferroviaire joue comme un pied de nez au désordre de la société occidentale. Vraiment ! Une société en perte de vitesse, qui se déstructure. Une économie en crise, qui se débat. Des valeurs qui se perdent. Des jeunes sans espoir. Des chômeurs qui manifestent. Des agriculteurs qui déversent des tonnes de lisier devant les préfectures. Des trafiquants qui se font passer pour des terroristes ou le contraire… Franchement les nouvelles du monde forment un capharnaüm que seule l'intelligence peut réorganiser. Heureusement il y a l'intelligence, le raisonnement ! Or, le battement régulier des roues sur les rails aide précisément Boris à fixer sa pensée, à réfléchir, à donner du sens à ce capharnaüm.

L'esprit de Boris apprécie ce bruit lancinant et sourd qui rythme son raisonnement. C'est justement ce martèlement systématique qui lui permet de ranger ses idées. Il assemble, rassemble, centralise, regroupe, réunit, sépare, programme, associe, fusionne, classe… Il aime réfléchir dans le train. C'est un de ses meilleurs lieux de travail. Le battement assourdi des roues sur les rails, c'est le tempo de ses réflexions d'intello, le métronome de ses neurones, la cadence de son éminence grise…

La continuité du martèlement habite opportunément l'habituel silence de Josette. Celui dans lequel elle a toujours vécu. Celui d'elle même, de sa solitude. Une sorte de vide où elle a si souvent flotté quand elle était enfant. Sa mère la posait là. L'essentiel étant de ne plus se faire remarquer. Elle est passée maître dans l'art de s'esquiver, se neutraliser, se confondre avec le papier peint. Elle a fini, sans en être consciente, à préférer ce que sa mère lui ordonnait de manger, à adorer les occupations que sa mère lui imposait. Enfin, difficile de savoir ce que préférer ou adorer signifiait ! Mais, finalement, quelle tranquillité de vie quand on n'a pas à se soucier des émotions ! Ni joie, ni peine, ni désir, ni envie. Les jouets ? les jeux ? elle n'a même pas eu à les rejeter, histoire de montrer de temps en temps qu'elle existait, puisqu'ils étaient absents ou… inadaptés ! Non, elle n'en a pas eu. Pour quoi faire ?…

Alors dans sa tête elle s'est créé un personnage, mieux, un frère. Plus grand, parce que ça protège mieux. Quand des amis (plutôt des relations) de ses parents offraient des bonbons, Josette en prenait toujours deux (enfin quand sa mère ne la surveillait pas) pour lui en donner un. Qu'il était content ! Il lui disait *Merci, Josette ma doucette !* Ils riaient ensemble ! Grand frère était fiable et généreux. Si présent quand Josette se sentait esseulée. Il n'hésitait pas à lui offrir ses propres jouets qui la faisaient rêver. Même que lorsque sa mère a promis à Josette un vélo pour ses sept ans, et qu'elle est revenue avec un cartable, et bien, grand frère lui a offert son super vélo rouge !

CHAP. 5

Le ciel est d'une transparence bleutée où flottent des nuages tout joufflus et bien ouateux. En dessous, l'herbe des talus s'assombrit là où les rayons de soleil ont disparu. Les ombres se glissent aux creux des fossés. Les bosquets triplent leur surface par leur prolongement en pénombre. Mais le moindre relief cherche à se montrer. La luminosité est si belle que Josette ne comprend pas pourquoi elle ressent toujours un petit pincement au cœur quand le soir va commencer à chevaucher le jour. Peut-être parce que c'est le moment où la solitude ondule comme une vaste houle.

Le martèlement des roues sur les rails résonne en elle. Seule dans l'immensité de sa vie. Sa pensée, obsessionnellement, la ramène vers cette interminable enfance, quand le ventre de sa mère s'arrondissait et puis... plus rien ! Un bombement sous la robe qui allait bientôt disparaître. Cela s'était passé plusieurs fois. Elle sentait qu'un être aurait dû être là, le temps s'arrêtait un instant, avant de s'amenuiser, puis s'effacer. La maison restait toujours occupée par trois personnes : son père, sa mère et elle. Pourquoi y aurait-il eu un autre, puisqu'on attendait personne ?

La nuit, elle ne pouvait bouger. Dès qu'elle se retournait dans son lit, son père lui hurlait : *Tu t'calmes, oui ?!* La chambre de ses parents était là, juste au-dessus de son lit. Il y a toujours eu quelqu'un au-dessus de sa vie. Toujours une chambre, ou une voix, ou leur souvenir... La nuit, parfois, elle entendait le parquet craquer. Elle devinait sa mère qui sortait lentement de la pièce. Elle n'allumait jamais la lumière, elle se guidait avec la lune. C'était toujours des soirs de pleine lune, sous les rayons blafards ou rougeâtres, qu'elle descendait, marche après marche, posant ses pieds nus, alourdis, sur les parties de bois qu'elle voulait silencieuses.

Mais Josette, exercée à écouter ses parents, aurait pu dire très exactement où elle plaçait ses pieds car, elle aussi, dans la journée, avait passé du temps à repérer la manière de se déplacer sans bruit. Alors que les pas de sa mère appuyaient sur le palier, les ronflements de son père retentissaient au-dessus de sa tête. Même en dormant, il gueulait. D'imperceptibles grincements, comme de petits signes de connivence de son ami le bois (pour elle les choses sont de très bonnes amies, toujours présentes, toujours dévouées) lui indiquaient que sa mère ouvrait maintenant la porte de la cave. Alors plus rien…

Elle attendait longtemps. Et parfois se réveillait en croyant avoir entendu un cri ou une plainte. Elle tentait de rester éveillée. Guettant le moindre craquement derrière sa porte, elle se forçait à regarder le plafond. Le plâtre, en s'émiettant, avait dessiné un loup qui courait derrière le canard (comme dans Pierre et le loup). Elle savait qu'il allait l'avaler. La vie finit toujours comme ça. Pourquoi n'entendait-elle pas sa mère remonter de la cave ?

…

Vidord arrête de « travailler » avec sa console de jeux. Il regarde le paysage et aperçoit un cimetière piqué de cyprès et encadré de murs. Est-ce que le vieux allait lui manquer ?… Il trouve étrange qu'il se pose cette question. Jamais les vieux, il ne les avait aimés. Il avait rejeté tout ce qu'ils avaient voulu lui apprendre. Il avait rejeté tout ce qu'ils représentaient pour lui. C'est comme ça qu'il s'était fait. C'est pour cette raison qu'il avait réussi ! Pourquoi maintenant que le vieux était six pieds sous terre, ça allait changer quelque chose ? Ce n'était pas la première fois qu'il leur disait à ces culs terreux qu'ils n'étaient rien. Pas seulement pour lui, mais pour la société.

Ça a été plus fort que lui, quand, après la terre jetée sur le cercueil, ils sont repartis, elle, la vieille, son chandail noir autour de ses épaules voûtées, et eux, ceux du village, avec leur béret replacé sur la tête, vers la ferme, où piaillaient les poules et les dindons. Leurs pas étaient pesants. On longeait le champ où le rucher aurait dû bourdonner. Sûr qu'il y avait un bandeau noir en signe de deuil sur chaque ruche…

Quand il est entré, il a vu la toile cirée sur la grande table et l'inusable ruban anti-mouches pendu à la lampe recouverte d'un tissu sale et s'entortillant au-dessus du repose plat, tout crotté de chiures de mouches que la vieille frottait en vain. Toujours la même toile cirée. Trente ans après. Avec les coins usés, les quatre emplacements râpés où reposait le dessous-de-plats en bois avec, en son centre, une imitation d'un carreau de Delft. Tout pareil, sauf quelques nouvelles coupures qui zébraient la toile cirée. C'est en coupant le pain ou le saucisson ou le lard, avec son laguiole, sorti de sa poche et essuyé dans sa serviette qu'il avait fait cela, le vieux. Et elle avait dû l'engueuler, la vieille, parce que, elle, elle essuie le couteau dans le pain comme ça y a pas de perte et elle le coupe contre sa poitrine, comme ça, y a pas de risque.

Alors quand il a revu tout ça, il leur a balancé qu'ils aillent tous au diable. Elle s'est précipitamment signée, la vieille, en implorant Jésus fixé sur son crucifix, au dessus de la cheminée, avec sa branche de buis en guise de feuille de vigne. Et puis elle lui a lancé un méchant coup d'œil, parce que dire cela le jour où le vieux venait de partir au ciel, elle n'avait pas apprécié, la vieille. Mais il s'en foutait d'elle et de ses superstitions, de ses prières et de ses processions, de ses pièces au fond des fontaines et du fer à cheval au-dessus de la porte, qu'il jetait dans le feu quand il était môme… juste pour qu'elle se brûle en le récupérant.

Il s'en foutait d'eux tous en général et du vieux en particulier, de tous ces bouseux ! et de leurs valeurs de franchise, de droiture, d'honnêteté, de probité et de sens de l'honneur ! Mais surtout, par-dessus tout : le sens de l'effort et du travail bien fait. *Tout se mérite !* qu'il répétait le vieux. Aah ! oui justement ils l'avaient bien mérité leur vie minable de rabougris terreux !

Avec leurs fameux principes, ils en étaient encore là, dans leur terre, à gagner juste de quoi acheter une télé. Il l'avait reconnue, c'était toujours et encore elle, reposant sur son napperon à fleurs, dans le coin de la cuisine, à côté des calendriers des Postes qui s'accumulaient depuis dix ans. Ils étaient toujours là, avec leurs trois vaches et leurs dix chèvres, à s'lever à quatre heures du matin pour les conduire aux champs et à les traire encore à la main parce qu'elles donnent plus ! Ils étaient là, la vieille, le fou, l'oncle et les voisins. Tout piteux.

Faut aimer le travail, p'tit qu'il disait le vieux. *Applique-toi, p'tit. T'as d'la chance de pouvouère aller à l'école. C'est un bon maître, que t'as, tu sais. Ecoute-le bien.* Non, il ne les avait pas écoutés, il n'avait rien foutu ! Et lui, il avait fait fortune ! Justement parce qu'il avait fait tout le contraire de ce qu'ils lui avaient dit de faire, il était riche, il faisait travailler les autres, tout en les méprisant ! C'était ça la réussite méritée !

Et eux, ils étaient toujours à la terre, à se crever pour rester misérables. D'ailleurs il savait bien qu'il n'y avait pas d'héritage, le vieux lui avait assez répété qu'ils se saignaient pour qu'il puisse aller à l'école ! Il a avalé un verre de vin, d'un seul coup. Il a fait la grimace. Toujours aussi acide leur piquette maison. Il en avait débité sur eux, il s'était bien défoulé. Y en avait eu pour les trente ans où il ne leur avait plus adressé la parole, juste une carte à chaque Noël expédiée du bout du monde, pour les narguer, sans un mot, juste sa signature.

Et puis il avait tourné les talons. Sans embrasser la vieille. Il était monté dans sa Maserati (près de la gare d'Orléans, il avait loué un magnifique coupé, une Maserati GranCabrio pour venir à l'enterrement, puisque ce con de garagiste...) et avait filé à toute allure par des routes goudronnées que des herbes arrivaient à percer en leur milieu et que des buissons ou des bouleaux longeaient tout du long. Il avait vachement bien mangé au restaurant du Lion d'or à Lamotte-Beuvron. C'était cet après-midi pour l'enterrement du vieux.

...

Boris sort son téléphone de sa poche. Il tape 888. Il écoute quelques messages. *Bonjour, vous n'avez aucun nouveau message. Vous avez quatre messages sauvegardés. Pour les consulter, faites le 1...* Dimanche 22 mars à 11 h 51 une voix fraîche *Oui mon amour je suis arrivée plus tôt que prévu, je pensais que tu étais à la maison, je t'attends. Je t'aime...* ; à 13 h 24 *oui, fais moi signe, envoie un message, dis-moi où tu es, je t'embrasse* ; à 16 h 54 une voix angoissée *Où es-tu ? Pourquoi n'es-tu pas là ? Je t'embrasse tendrement.* 20 h 28 *je ne comprends pas, je m'inquiète, réponds-moi je t'en supplie, tu devais rentrer vendredi soir et passer le week-end. Pour appeler votre correspondant faites le 4, pour sauvegarder le message faites le 2, pour le supprimer faites le 3, pour passer au message suivant faites le 1, pour plus d'informations faites le 0, pour revenir au menu principal appuyer sur étoile.* Il semble légèrement troublé.

Il s'apprête à ranger son portable, mais finalement prend le parti de lire les SMS enregistrés. Ils sont tous là. Il ne peut se décider à les effacer. C'est encore trop récent. Il se souvient précisément des messages qu'il a envoyés. Il lit les réponses, venues d'elle (Je ne peux pas vivre sans toi. Tu m'es nécessaire)... Elle, dans sa réponse :... *Mais pas suffisante.* (Il n'y en a qu'une qui compte et c'est toi)... elle comme innocente *Et les autres ne comptent pas ?*

(C'était juste un jeu, du plaisir, du désir, rien de plus)… *Bien sûr… et c'est juste insupportable !* (Je t'aime)… *à combien d'autres l'as-tu dit ? en quelles occasions ?* (Mais je ne voulais pas vivre avec elles !)… *Tu es un sale macho, tu veux juste un harem façon occidentale !* (Je t'en supplie)… *Inutile, ma décision est prise.* (Mais elles sont virtuelles) … *Et leur cul aussi ?* (Tu es la seule vraie) … *et à ton fils, tu lui fais distinguer le virtuel du réel ? tu lui apprends à séparer le vrai du faux ?…*

Elle avait frappé juste. Lui qui ne supportait pas de voir son fils passer des heures devant son écran à enfiler jeux vidéo sur jeux vidéo, si tard dans la nuit qu'il manquait le lycée le lendemain ou s'y traînait pour y somnoler. Les avis, les mises en garde et les rappels à l'ordre s'entassaient. Au début c'était l'ordi, la console de jeux vidéo et le baladeur MP3 qui l'occupaient quelques heures. Mais très vite ce sont les jeux en ligne qui l'ont absorbé. Il y passait ses nuits. Un autre monde, le virtuel, distingué, dissocié, différencié. Un ailleurs sans importance ? … mais qui pourtant dévorait le réel !

Elle était partie depuis un mois et ne donnait plus de ses nouvelles. Son fils passait ses nuits sur Internet. Il fumait du shit à plein naseaux et grignotait des chips. Laissait fondre des barres de céréales au chocolat sur les cartons de pizza abandonnés. Le père voulait croire que ça n'avait pas d'importance et qu'il lui suffisait de travailler plus pour que tout s'arrange.

…

Greffier ? celui qui greffe des arbres ? L'ombre grise aimait à se parler ainsi. Oui, il lui est déjà arrivé de ligaturer quelques branches sur des porte-greffes dans le pré, derrière la maison. Que sont-ils devenus ses greffons dorlotés ? Font-ils de beaux fruits ? Un verger ça se soigne. Pas sûr que le nouveau propriétaire, un de la ville qui n'y connaît rien à la campagne, ait été capable d'entretenir ses pommiers, ses poiriers et ses pruniers. Il les avait choisis, plantés, fumés, tutorés, aimés, admirés. Il les avait traités, *bien* traités. Il les avait soignés après la grêle de mars 2006 qui leur avait arraché la peau.

Greffier ? celui qui fait des greffes d'organes ? un étrange métier, bien mystérieux. Transplanter l'organe d'un inconnu dans un corps connu. Lui implanter un organe, fragile mais vital. Prélever à un tout-juste-mort (*vraiment ? vous êtes sûr ? il n'y a plus d'espoir ? mais il respire... Laissez-nous un peu de temps. Qu'avait-il dit ? Il avait dit oui... de son vivant... vivant...*) pour donner à celui qui attend depuis six ans (*quand ? une nouvelle tentative ? encore attendre ?... oui ? allô ?... là maintenant, de suite ? ! j'arrive, je suis à l'hôpital dans une heure !)*. Il aurait aimé ce métier-là aussi : une autre façon d'entrer dans la vie des autres !...

Greffier ? amateur de chats ? les chats, si souples, si faussement présents, ombres douces et sauvages, si tendres et si indépendants. Mais sa mère n'en voulait pas parce qu'ils chassent les oiseaux... Il sait bien que pour tous les gens qu'il rencontre, il n'est qu'un simple agent administratif, destiné à faire face à la multitude des tâches matérielles qu'implique le fonctionnement d'une juridiction. Il sait qu'il fait l'objet des articles L 811-1 et suivants et R 811-1 et suivants du code de l'organisation judiciaire. Un petit fonctionnaire qui tient la plume à l'audience, bref un secrétaire greffier, qui ne fait pas son travail assez vite, qui participe au retard insupportable de la justice.

Mais il se moque des préjugés et des apparences. Sa vie se niche dans celles des autres, personne ne peut le savoir, même pas le soupçonner. Il aime passer pour un plumitif chargé de conserver les actes et de délivrer des grosses. C'est son alibi, sa doublure. Sa vraie vie palpite dans toutes les affaires bizarres, compliquées, tordues, étranges, dramatiques ou drôles où il pénètre à l'insu de tous. Il est ce truand aux allures d'enfant attardé, ce meurtrier cynique ou cette victime démolie, ce faussaire grand clerc, ce manipulateur hâbleur ou ce voyou shooté. Tantôt dealer, tantôt macchabée. Violent ou pervers, soumis ou blessé. Un jour personnage opaque et inquiétant, le lendemain, ado confiant et doux. Il est ce cadre supérieur autoritaire et froid mais honnête, ou cet artisan sympathique, plein de contradictions, capable du bon et du cruel. Que de vies dans sa vie !

Bref, ils étaient tous là, qui voyageaient dans leurs souvenirs et que ce train n° 60017 transportait vers leurs destinations, ce 19 mai 2009, où rien n'aurait dû se passer qui pût tous les concerner.

CHAP. 6

Ça peut arriver sans prévenir. Sans signe avant-coureur. D'un seul coup ! C'est bien, on n'a pas eu le temps d'avoir eu peur, de craindre... On a vécu tranquille ! Moi je préfèrerais. D'autres ont besoin de s'habituer au malheur, de s'y préparer peu à peu. Ils préfèrent la maladie qui prend son temps ou plutôt le leur, à la mort impromptue et féroce ! Comme ça, ils ont eu le temps de se dire à-Dieu, de s'y préparer, d'écrire les enveloppes de leur faire-part de décès !

... J'ai senti, sans vraiment comprendre, que le malheur me laissait de petits cailloux blancs pour retrouver son chemin et qu'ainsi il repasserait à un moment ou plutôt à un autre, selon son humeur. Il m'avait laissé entendre qu'il pouvait revenir, qu'il allait revenir. Il m'avait habituée à lui. D'ailleurs je le reconnaissais qui empruntait l'escalier et se dirigeait vers la cave, régulièrement. J'en étais certaine : il œuvrait dans le noir, les soirs de pleine lune. Le malheur se sent plus à l'aise dans ce type d'atmosphère. Il avait le pas lourd en descendant. Sans doute était-il plus léger en remontant puisque je ne l'entendais pas ?

Un lendemain, à mon tour, je descendis les marches de l'escalier de la cave chercher du vin. Au tonnelet je penchais la bouteille vide, que j'avais auparavant bien rincée (quatre fois selon les consignes maternelles), et je tournais le robinet de bois. La terre sentait le vin vieux. Elle en était toute imprégnée. L'air aussi était saturé de cette odeur de vin et de terre mêlés. Mais, ce soir-là, je vis un peu à droite, que la terre avait une couleur différente et une odeur différente. La surface avait été aplatie. Mais la terre était meuble sur une surface de cinquante centimètres sur trente (j'étais revenue pour mesurer. Pourquoi ?). J'en avais été si troublée que j'en avais laissé le vin déborder. La colère de ma mère ne m'avait pas atteinte.

Les cauchemars sont machiavéliques : ils transportent avec eux l'idée lancinante que le malheur reviendra. Ils ricanent de nos réveils effrayés. Ils diffusent la mauvaise nouvelle : *je reviendrai, je reviendrai, à tout bientôt*... Le temps passait et un jour le tablier se gonflait, soulevait anormalement le vêtement ample. La lune annonçait son arrondi jusqu'à ce qu'elle soit pleine. Alors la descente pesante faisait craquer les marches en bois, glissait sur le palier et s'enfonçait vers la cave.

Pourquoi étais-je si triste les jours suivants ? J'étais inconsolable. Mes parents faisaient toujours semblant de ne rien voir. Et plus tard, des mois plus loin, des pas de fantômes éloquents me rappelaient que ce qui s'était passé se passait à nouveau.

Si habituée au malheur qui erre et retrouve son chemin, Josette ne pouvait imaginer qu'un événement puisse surgir d'un coup sans prévenir ! Le malheur était devenu un compagnon ironique. Parfois, il semblait hiberner, mais il allait se réveiller. C'était certain. Les seules questions étaient : quand ? et où ? L'aiguille des heures reprenait sa marche placide, celle des secondes trottinait derrière jusqu'à ce qu'un malheur, plus petit ? plus grand ? les arrête brusquement.

Le malheur qu'on attend est une mélopée douce et trompeuse, qui relance la douleur à point nommé. Il guette et surprend dans un recoin de repos qu'il se plait à rendre éphémère. Josette reconnaissait ses doigts froids qui pesaient sur ses paupières et son souffle qui lui glissait dans l'oreille *C'est qui ?*

Pourquoi n'ai-je rien fait ? rien dit ? Pourquoi l'ai-je laissé faire ? L'obsédant malheur descend les marches dans sa tête et heurte la porte de son crâne… ensuite le silence et les odeurs de terre bourrelée et de vin aigre l'étourdissent… C'est en se cognant au regard cruel et froid de sa mère que le cauchemar sursaute. Josette est en sueur, douloureuse comme une étripée. Ces réveils… comme ils lui sont terriblement familiers !

…Un jour que mon grand frère avait été blessé un soir à la sortie du ciné et qu'il m'avait reproché de ne pas l'avoir défendu, je lui brandis ces mots : *Mais toi tu es grand, ce sont les gamins, les petits, les tout petits, qu'il faut protéger, pas les adultes !* Comme la surprise figeait son regard, j'avais ajouté fermement : *Tu sais pour protéger un enfant en danger, je serais capable de tout... même de tuer !… Je sais que je passerai devant les juges et toi, tu seras mon avocat et tu me défendras, dis, hein, tu me défendras ?... mais je l'aurai fait !*

C'était étrange. Pourquoi Josette comme l'homme en gris pensaient justement à la même chose au même moment ? Rien ne semblait pouvoir l'expliquer. Etait-ce le comportement de Vidord tout excité, tout hurlant et vociférant qui avait réveillé quelque spectre endormi ? ou au contraire le silence qui maintenant laissait libre court au martèlement des roues sur les rails et laissait le champ libre à la mélancolie des tourments ?

L'esprit est habile à repérer les détails de la vie qui, par une suite aussi logique que déconcertante, associe le détail aux pensées récurrentes. À moins que ce ne soient les souvenirs qui n'attendent que l'occasion de se saisir du premier prétexte venu pour se faufiler dans la réalité, s'y épanouir à ses dépens et curer le réservoir à cauchemars ?

De fait, le greffier, que sa jeunesse joyeuse n'avait pas préparé au malheur n'aurait jamais utilisé ce mot pour exprimer ce qu'il vivait.

D'ailleurs c'étaient des vies sinon séparées du moins très autonomes qui l'habitaient. Aussi celle qu'il partageait avec sa mère… *partageait* ? encore un mot inadapté. Oui, autrefois, il y a longtemps. Mais, désormais, que pouvaient-ils mettre en commun ?

Pendant quelques années, étaient apparues dans la tête de sa mère, à côté de zones parfaitement entretenues, coupées au cordeau et apprêtées pour de subtils discours, quelques friches inattendues et surprenantes. Alors que par endroits l'herbe poussait toute fraîche, en d'autres, le sol était soudain devenu sec, le Round'up avait tout détruit et plus rien n'y pousserait de nouveau, pas même des champignons toxiques.

Peu à peu sa tête était devenue aussi étonnante et incompréhensible qu'un champ de ruines, avec, ici, une maison épargnée, là, un mur debout, bizarrement d'aplomb avec ses photos encadrées et ses étagères remplies de livres presque alignés… et puis ailleurs des pierres, des poutres, des gravats, des papiers éparpillés, des meubles écrasés, déchiquetés, dispersés, comme les mots qu'elle cherchait et qui se succédaient, sans cohérence et qu'elle finissait par abandonner, tombés là, par hasard, au milieu des ruines. Ils ne formeraient plus un mur, une maison avec un toit et une cheminée. Ils resteraient pierres éclatées et souvenirs détruits…

Les mots ne formeraient plus des phrases, des idées et des raisonnements… Ils resteraient inertes et inutiles… paumés dans une question répétée en boucle, dans un glacis rocailleux sans source et sans arbre, au creux d'un silence étonné, cafouilleux, hésitant puis triste. Un silence vidé de ses souvenirs. En effaçant la vie de sa mère, la maladie emportait aussi des morceaux de la sienne. Par petits bouts, par segments aux contours imprécis, puis par pans entiers. Derniers jours. On liquide, tout doit disparaître !

Les pensées et les mots étaient devenus des débris, des cendres et des poussières formant un inintelligible jargon de plus en plus impénétrable, que seuls quelques vagues sanglots ponctuaient, puis des silences de plus en plus longs, de plus en plus vacants, qui débouchaient sur un murmure asséché. *Oh ma mère, ma chère maman... On a tenté ensuite de remplacer les mots par des chansons que je fredonnais en nous souriant.*

Puis vint l'impossible à imaginer. *Ta voix si douce s'est effritée. Ta voix s'est éteinte. Mais ton regard brillait encore. Il clignotait à ma vue, mêlant joie et larmes. Tu faisais semblant de m'écouter et tes yeux se fermaient. Tu dormais une minute ou une heure puis tu me redécouvrais comme si nous ne nous étions pas vus depuis... longtemps. A nouveau un peu de sourire dans ton regard qui se perdait peu à peu. Il s'évaporait, s'éventait, perdait son sens dans un crachin gris de matin triste... Maman où es-tu ?*

Comment nommer cela? le courage de supporter un malheur ? ...

Il revenait depuis dix ans. Il n'avait plus peur de leurs silences. Il n'avait plus peur de l'étiolement de son sourire. Plus peur de son regard étouffé. Il reviendra demain, après demain. Et tant pis s'il allait encore un peu pleurer ce soir en s'endormant. Il reviendra pour lui chantonner un air qu'elle avait aimé.

C'était cela leur nouveau partage. Il avait appris à apprivoiser son désespoir. Il tiendrait. Ni le vide inachevé, ni la présence enfuie n'entamaient sa ténacité, sa persévérance. Il tenait bon. Il revenait chaque jour. Ou presque. Mais, le soir, avant de s'endormir, il se demandait pourquoi, après quinze années de maladie, la vie s'acharnait dans ce corps, qui avait été sa mère.

Une mère courage. Une mère qui, a vingt ans, avait risqué si souvent sa vie en passant des lettres à la ligne de démarcation. Une mère qui, à chaque fois était fouillée. A chaque fois, elle ne portait rien sur elle. Elle cachait le courrier dans le train. Un train, comme celui-ci… ou presque. Un train, arrêté à la ligne de démarcation pour la fouiller. C'était lui, aujourd'hui qui fouillait sa mémoire, il n'y trouvait pas assez de souvenirs d'elle. Pourquoi ne l'avait-il pas davantage questionnée ? Elle n'avait plus que du silence pour lui.

Souvent il se disait à lui même : il y a un temps pour se battre contre la vérité, un temps pour l'accepter, un temps pour lui tourner le dos et la porter, comme un fardeau.

Chap. 7

Quand Vidord l'aperçut, il ne vit que lui accroché à sa main. Il y avait en lui de son sang. C'était l'évidence. Mais c'était le sang d'un père qui l'avait eu malgré lui. Sa colère s'accoupla immédiatement à la fierté de posséder un fils. Il lui en voulait, terriblement, à cette petite gonzesse de passage. Ne lui avait-il pas intimé l'ordre de prendre ses précautions ? Il ne pouvait faire l'amour enculotté, comme il disait en s'esclaffant ! C'est aux femmes de faire attention à ne pas laisser des miettes, non ? !

Mais, lui, que faisait-il, *son* fils, pendu à *son* bras ? Il fallait qu'il se l'approprie !

— Quel âge a-t-il ?

— 7 ans ? !

— Ah ça fait si longtemps ?

— Il passe moins vite quand on élève un enfant.

— Ce n'est pas *un* enfant, c'est le *mien* !

— NON !

Elle reçut une gifle d'une telle violence qu'elle faillit tomber.

— Tu n'as rien à voir avec lui. Tu n'en voulais pas et tu ne t'es pas occupé de savoir s'il existait.

— Je t'avais dit de faire attention ! Cet avorton ne devrait pas être là !

Sa mère ne pouvait rien lui apprendre de bon. C'était lui le père. C'est lui qui sait ce qui est bien pour son fils. C'est lui qui transmet. Il allait lui inoculer le sens de la vie. Dans la vie, on doit avoir la volonté d'être soi ! on doit se montrer fort et courageux !

Alors Vidord pensa au journal intime que son fils venait de lui envoyer.

Première séance

J'avais sept ans lorsque je fis sa connaissance... Je faisais des courses avec ma mère. Elle me tenait par la main. Soudain, elle m'écrasa les doigts et s'arrêta net. Un colosse massif se tenait à quelques pas de nous. Son regard intense se posa sur moi. Ils parlèrent, mais je ne comprenais rien à ce qu'ils disaient. D'un coup, il gifla ma mère. Subitement, des larmes s'accumulèrent et débordèrent comme une averse sur mes joues. J'étais effrayé. D'autant plus, que peu après il m'empoigna en disant à maman qu'il me ramènerait à la maison le soir même. Mais qui était cet homme ? où allions-nous ? savait-il seulement où nous habitions ? en y repensant, j'avais vraiment très peur car je découvrais subitement que ma mère n'était plus une protection.

Il m'emmena dans un bar où il retrouva des copains à lui. Ils se tapaient sur l'épaule. Ils burent toute la soirée. Je ne comprenais pas pourquoi j'étais là puisque mon père (oui c'était mon père !!) ne s'intéressait pas à moi. À aucun moment il ne me regardait. J'étais dans un coin, tout ratatiné. Les gars l'écoutaient quand il parlait. Il parlait très fort. Ce bruit m'impressionnait beaucoup parce que je n'avais jamais quitté ma mère que pour l'école et jamais je n'avais entendu parlé aussi fort. Même le papé et la mamé, qu'on entendait, parce qu'ils étaient un peu sourds, ne faisaient pas tant de bruit.

Ça a duré très longtemps. J'étais fatigué et ça n'en finissait pas. J'aurais voulu partir. Mais jamais mon père ne posait son regard sur moi. Le soir, très tard, il me secoua (j'étais à moitié endormi) et me souleva en disant à ses copains « Ah j'ai oublié, ça, c'est mon avorton ! Personne ne touche à un de ses cheveux, compris ? ». En chemin, il ne prononça aucun mot. Arrivés sur le seuil de la porte, il me dit « Première leçon : le courage, c'est se faire respecter ».

Deuxième séance

Il ne venait pas régulièrement me chercher et je vivais dans l'angoisse qu'il survienne d'un instant à l'autre. Je n'aimais pas être avec lui, parce que je n'existais pas et la peur me tenait de guingois. Il était en représentation, oui c'est ça, en représentation. Il… il plastronnait. Toujours. Et ce qu'il donnait à voir n'était pas beau.

Nous marchions dans la rue. Une femme agenouillée, coiffée d'un fichu fleuri, mendiait. Il lui prit sa pancarte qui criait famine et la déchira, puis il shoota dans le bol qui contenait quelques pièces et qui s'enfuirent jusque sur la chaussée. Il m'agrippa vivement pour que je ne me retourne pas. Il continuait d'un grand pas qui me forçait à trotter, comme si rien ne s'était passé.

Alors que nous allions monter dans le tram, un homme âgé tirait péniblement son caddie chargé, pour en descendre, il le bouscula volontairement et je revois encore le pauvre homme qui fixait, accablé, sa bouteille de vin cassée. Ce jour-là, je crus que la ribambelle de saloperies n'allait pas s'arrêter.

Il s'en prit à un chien qui errait dans la rue et qui eut le malheur de traverser juste devant ses pieds. Il me dit de l'attendre sans bouger. Il traversa la rue, le coursa et le rattrapa. Alors il le coinça contre un mur et le frappa à grands coups de godasses. J'entends encore ses couinements. Son avidité de cruauté paraissait sans fin.

En fait, je pense que notre balade n'avait qu'un but : saisir les occasions de tabasser, cogner, frapper, humilier.

Deux personnes se tenaient au carrefour de deux rues piétonnières, une croix rouge sur fond blanc recouvrait l'urne où le passant était invité à déposer un peu d'argent. Il les insulta tant et si bien qu'un attroupement se fit. Il criait quelque chose comme « tous pourris, tous maffieux ». J'avais honte. En arrivant au seuil de l'appartement de maman, il me dit « Deuxième leçon : le courage, c'est ne pas avoir de pitié ».

Troisième séance

Je sais qu'il faut que j'arrive à vous dire ce qui s'est passé le jour de mon anniversaire. C'était pour mes douze ans. Mais c'est pas facile. La nuit était tombée. Il avait cette fois-là un superbe cabriolet rouge. Il changeait souvent de voitures et était très fier d'elles. Plus que de moi ! D'ailleurs moi, je ne comptais pas pour moi-même, je comptais pour que lui se mette en valeur.

Il trouva une place, se gara. Cette rue-là avait quelque chose de différent. Je ne voyais que des jambes. Elles avaient surtout des jambes. Ou plutôt des cuisses. Et puis des seins. Y avait rien d'autre. Leurs visages étaient dans l'ombre. Je n'en ai aucun souvenir ...

Non, pas cette fois-ci. Je ne peux pas. Une autre fois...

Comme vous voulez me dit le psychothérapeute. Et nous échangeâmes des propos. Il me suggéra des pistes. J'étais enfin en confiance. J'en étais à mon quatrième psy. Celui-là me semblait le bon ! D'abord, il n'avait pas lui-même besoin d'un psy. ! Il était humain. Un humain intelligent, plein de bon sens, pas trop ésotérique. Il faisait bien des détours, mais c'était pour contourner les obstacles qui me semblaient infranchissables. En fait, nous revenions à l'essentiel, par ses chemins de traverse. Il prenait de la hauteur et de la distance pour mieux saisir l'important qui soudain surgissait mais ne m'apparaissait plus sous le même angle. L'important n'était plus aussi irréductible, parfois il n'était plus là où je le croyais.

Quatrième séance

...Nous sommes entrés dans un immeuble. Un rideau épais cachait une salle où se tenaient des femmes que je trouvais quasiment nues. Elles cachaient ce que l'on ne cache pas habituellement et montraient tout le reste. J'étais paralysé. Visiblement il était connu. La patronne l'accueillit chaleureusement. Elle lui proposa une coupe de cham-

pagne. Je n'existais pas. De faibles éclairages dessinaient des corps plus doux que sur le trottoir. Des corps qui se mouvaient dans une illusoire séduction.

Mais le décor, l'odeur et surtout ces corps de femme, nus, enfin presque, qui glissaient, allaient et venaient et se frôlaient me mettaient mal à l'aise. Je fus pris de tremblements. C'était étrange parce que, je m'en souviens bien, j'étais à la fois engourdi et frémissant. Je ne sais combien de temps j'ai attendu dans cet état.

Puis, je ne sais comment, je me suis retrouvé dans une pièce effrayante. Des lits partout, des draps chiffonnés, de la soie rouge, des verres de champagne dans tous les coins. Et des femmes partout. Des fesses, beaucoup de fesses. Jusqu'à ce que je réalise que c'était la même et obsédante femme avec des porte-jarretelles rouges et des orchidées rouges dans les cheveux. La même !

Je me suis recroquevillé dans un coin. Je voulais disparaître, mourir. Et puis je le vis. Je vis plutôt son cul blanc, et ses poils aux jambes, obscènes. Il râlait, elle gémissait. Je me demandais bien ce qu'ils faisaient ensemble. Je ne comprenais pas, je sentais juste que je n'avais pas ma place ici. Je tremblais et j'avais froid.

Il y avait quelque chose de sale et de vorace dans ce corps à corps qui se reproduisait en mille exemplaires dans les reflets des miroirs. Il me semble que j'ai encore les cris en moi et les effluves sur moi et que je n'arrive pas à m'en débarrasser. Toujours pas ! Je transpirais et je tremblais. Leurs gémissements me faisaient rentrer la tête dans les épaules. Je me tassais, accroupi dans un coin. Mais plus je rétrécissais plus ces bruits m'envahissaient. Je voulais être délivré de leurs trémoussements et de leurs gloussements. Sortir ! Partir ! Courir !

...oh je lui en veux ! le salaud ! Il a bousillé ma vie !... Que voulait-il me prouver ? Sa virilité ? Sa vigueur sexuelle ? pour rendre la mienne à l'état de moignon ?

Les paroles vespérales furent « Troisième leçon : le courage, c'est soumettre les autres. »

Cinquième séance

La suite fut dans la logique des premières leçons. Etre soi, comme il me répétait, c'était être plus fort, plus courageux disait-il, plus obstiné à réussir que les autres. Et le but ultime ? être riche, puissant !

Tous les moyens étaient bons pour s'enrichir si, me disait-il « tu ne veux pas être un bouseux ». Terme dont je ne saisissais pas le sens. Tout ce qu'il voulut m'apprendre, je n'en ai rien compris sur le coup, ce n'est qu'après, bien plus tard que j'ai commencé à prendre conscience que mon père était un voyou, un sale type, un minable qui se prenait pour un Dieu parce qu'il avait de l'argent et qu'il avait, selon lui, fait preuve d'intelligence et de courage pour arriver là où il était !

Il fallait parler plus fort que les autres ! Il fallait se montrer plus puissant que les autres ! Il fallait tricher là où les autres s'engluaient dans l'honnêteté ! Il fallait mépriser là où les autres se ridiculisaient dans la dignité ! Il fallait « faire du pognon à tout prix » ! Il aimait bien cette expression qui le faisait rire ! Faire du business quand les autres perdaient leur temps à des études !

Il fallait se hisser par tous les moyens ! Tu m'écoutes, l'avorton ? Il me répétait toujours ça… l'avorton… ce qui compte, dans la vie c'est la réussite et l'opulence et il faut y mettre toute ton intelligence et tout ton courage pour y arriver. Y a qu'ça qui compte, l'avorton !

Mais lui, usait de la ruse, du mensonge, du subterfuge, du dénigrement, de la persévérance d'accord mais pour tricher. Tous les moyens étaient bons, surtout les mauvais ! Il fallait tromper, gruger, trafiquer, mentir, écraser, trahir et pourquoi pas casser la gueule. Et même aller plus loin du moment que personne ne le savait ! Je n'ai compris que beaucoup plus tard ce que signifiaient ses déménagements incessants, ses hommes de paille, ses sociétés mères filles et même de filles à prendre et revendre, ici, là, en France, à l'étranger, ses affaires au

Luxembourg, en Andorre, en Suisse, ses voyages, ses amis d'un jour, ses disparitions...

Mais, avant cela, j'ai suivi ses conseils à la lettre. J'en ai pris pour cinq ans. Il n'a jamais pris de mes nouvelles.

CHAP. 8

Tandis que l'adepte du tricot poursuit sa passion dévoreuse de laine, le greffier chemine dans ses souvenirs, Boris surfe sur la vague de ses pensées et Vidord s'acharne sur sa DS au plus grand plaisir de la jeune nageuse. Le train poursuit, dans une totale indifférence, sa course rythmée. Aucun n'aurait pu prédire quoi que ce soit. Aucun ne se sentait menacé. L'avenir était muet. Aucun avertissement. Horoscope en mode silencieux.

Mais l'agitation de Vidord sur sa DS commence à agacer Boris. Il voit son fils, obnubilé jour et nuit par son écran. Rien ne peut l'en divertir, pas même manger. Il grignote sans horaire et sans faim. Pas d'appel d'une amie. Pas d'intrus dans sa vie. Tous les rouages de son cerveau fonctionnent en connexion avec ses camarades de jeu. Plus de sommeil. Il s'assoupit comme un navigateur, par petites fractions de temps.

Il prend racine devant son écran. Il régresse. Ne parle plus. Réduit à une pulsion de jeu. Clandestin dans sa propre vie, il a coupé toute autre relation. Ou plutôt il ne répond plus aux signes que la vie lui envoie. Aussi ne reçoit-il plus d'invitation à un ailleurs. Sa vie n'est plus qu'un reflet sur l'écran. Une réverbération qui finit par lui devenir étrangère.

L'existence de son fils se défaussait depuis quelques années et Boris craignait parfois qu'elle ne plonge dans les ténèbres. Lui, était tout entier relié au monde, aux relations internationales, aux collègues, à ses étudiants. À tous, excepté à Elle. Celle qu'il avait maintes fois trompée, mais qu'il aimait encore. Celle qui ne voulait pas lui pardonner. Son fils était reclus dans son repaire. Elle l'avait fui. Boris ne quittait plus les autres. Jamais il n'était seul. Il avait toujours été un bourreau de boulot. Désormais il se gorgeait de travail. Il acceptait des cours nouveaux, des conférences, des débats. Il s'enivrait d'une sorte d'exubérance intellectuelle et relationnelle.

Mais plus il était en contact avec des gens, plus il s'éloignait d'eux. Un dédoublement de personnalité ? Un don malicieux d'ubiquité ? Plus il multipliait les relations – avec les femmes aussi – comme s'il pourrait mieux L'oublier grâce à elles toutes – plus Sa femme l'envahissait. Ou plutôt son absence ! Une absence omniprésente, ça fait quoi ? Une présence dévorante ! Elle rôdait en lui, quand bien même cherchait-il à l'esquiver. Elle l'effleurait, le frôlait jusqu'au vertige, puis lui broyait soudainement le cœur, avant de s'éloigner. Il ne pouvait la rattraper. Son fantôme l'abandonnait dans le dénuement des nuits.

Il reprenait de plus belle ses activités, s'oubliait dans les projets, travaillait tard, espérant qu'à deux heures, en se dirigeant vers sa chambre, il ne verrait plus le rais de lumière sous la porte de celle de son fils. Comme la fatigue ne le faisait pas basculer dans le sommeil, Boris prenait des somnifères. Il les maudissait et les acceptait. Il sombrait alors dans un sommeil noir. Mais, vers quatre ou cinq heures, Elle le rejoignait. Elle était douce. Elle lui souriait. Elle l'enveloppait de son odeur de désir. Elle s'enroulait autour de lui. Parcourait de ses doigts fins l'intérieur de ses cuisses, remontait et, au moment de la jouissance espérée, il se réveillait en sursaut, seul.

On pouvait croire qu'il se réalisait pleinement dans son travail, qu'il s'épanouissait à la mesure de sa notoriété. Lui même s'y laissait prendre. Il se gargarisait de ses cours en amphis. Il se grisait de ses succès et de ses interviews radiophoniques et télévisés. Il s'écoutait parler en public, devant des collègues étrangers, des experts, des hommes politiques. Le Sénat lui avait demandé un rapport. La Communauté européenne le sollicitait régulièrement. Pour le reste… Il dompterait tous ses fantômes ! Il les réduirait à des voiles évanescents. Ses souvenirs finiraient par s'amoindrir.

Le vibreur de son téléphone le fit sursauter. Il se leva et se dirigea rapidement vers le couloir. *Monsieur Dulac ?* Oui. *Je suis le proviseur du lycée Descartes. Je vous appelle à propos de votre fils. Il a...* Une torpeur l'ensevelit. Il eu l'impression de devenir sourd. Il était figé, presque égaré. Il se ressaisit et entendit à nouveau la voix… *n'est pas venu aujourd'hui. Il a été vu sur le pont Wilson. Des passants l'ont retenu, quand il enjambait la rambarde. Je... euh... les pompiers viennent de m'avertir. Il est en observation au CHU. Il semble choqué. Je... euh... Pouvez-vous demain nous donner de ses nouvelles ?*

C'est comme si sa réussite venait de se refermer sur du vide. Il se sentait tomber, tomber au fond de son incomplétude. Avait-il tout raté? sa vie d'époux? sa vie de père? Ebloui par ses réalisations, étourdi par ses succès, il ne voyait plus ce qui était là, tout près. Ceux qui étaient là, tout près et qui ont pris le large. Ses écrits et ses conférences l'avaient aveuglé, isolé dans son moi-je triomphant ! Il se mit à ressasser une sorte de honte, sur laquelle il était pour l'instant incapable de mettre ce mot. Un mot qu'il ne connaissait pas. Pas d'expérience.

Il ne pensait plus. Et cette sensation, cette certitude l'effraya. Jamais il n'avait été ainsi pris en défaut. Toujours il avait assumé. Rien ne l'avait atteint. Il contrôlait toujours la situation. Sa raison était la maîtresse de sa vie. Il aimait l'ordre et sa vie était rangée. Chaque occupation avait son tiroir, son fichier. Il tirait de cette organisation une fierté légitime. Et là, soudain il était pris de court. Sa raison s'éclipsait. Elle lui jouait un sale tour, mais il allait trouver une parade. Il avait du cran ! Jamais sa détermination n'avait lâché prise. Il avait suffisamment de force d'âme pour s'en sortir !

Cependant le malaise durait. Il se sentait trahi... par lui-même ! Son self-control battait de l'aile. Que faire ? Reprendre les faits un à un ? Récapituler la chronologie des événements ? ça ne donnait rien ! Classer les informations reçues ? Inventorier les actions à entreprendre ? ça patinait toujours. Il convoquait sa volonté. Intimait l'ordre à son énergie de se mobiliser. Mais une trappe s'était ouverte par la vengeance de son fils. Oui, c'est comme s'il s'était vengé. Mais de quoi pouvait-il se plaindre ? *Je m'intéressais à ses résultats ! Je surveillais ses progrès !* Le trou était là, béant. *Je me souciais de ton orientation, je te conseillais dans tes choix d'options !* Au fond du trou, il voyait distinctement les eaux sombres de La Loire qui bouillonnaient.

Pourquoi ? Pourquoi avait-il fait ça ? Manquait-il de vitamines ? Sa mère lui faisait faire une cure de magnésium au changement de saisons. Là il n'en avait pas eu. Avait-il reçu des reproches ? Obtenu un mauvais résultat ? Il faudrait qu'il le demande au Proviseur. Une remarque blessante et ça peut suffire à cet âge ! Les professeurs ne sont pas toujours conscients de l'impact de leurs observations. Ils ont à faire à des ados qui se cherchent. Ils sont un peu fragiles. Il faut savoir les prendre. Il leur faudrait un peu plus de psychologie ! et de savoir faire avec des êtres en quête de leur personnalité. Il doutait de leur formation en ce domaine. C'est certain, ils manquaient de perspicacité et de doigté relationnel. Il leurs dirait son opinion sur le sujet.

Je vais le reprendre en mains. Lui expliquer que la vie est un combat. Qu'il convient de la prendre avec rigueur et qu'elle se laisse faire. Il suffit d'être réfléchi et les choses s'ordonnent. On y voit plus clair quand on analyse les causes et leurs effets. Quand on tombe – ça peut arriver – il faut se relever. Prendre les embûches pour des raisons de rebondir. Ne jamais s'affoler. Ne pas se laisser envahir par des émotions qui troublent le raisonnement ! Rester maître de soi.

Avec rigueur et volonté, on peut tout entreprendre et tout réussir ! Désormais il serait toujours là pour lui rappeler les horaires à respecter. Il serait là pour lui inspirer quelques idées pour ses sujets de philo. Évidemment en économie, il pourrait lui donner un bon coup de main ! Et puis il lui apprendrait à avoir de la méthode ! Voilà c'est certainement cela qui lui manquait : de la méthode ! C'est la clé de la réussite. Et pas seulement scolaire ! La vie professionnelle aussi requiert de la méthode !

Tu verras, mon fils, comme tu te sentiras plus sûr de toi, plus confiant en ton avenir. Tu verras, la vie est plus sereine quand on se sent plus fort. On a toujours prise sur son destin. Si on est cartésien, on peut avancer. Si on est déterminé, on peut foncer. Il suffit de méthode et de courage ! Oui, c'est cela : de la volonté et du courage ! Ce seront les maîtres mots de sa nouvelle vie ! Et, il souriait maintenant, *je lui expliquerai ce que signifie cette expression que mon père m'avait inculquée « A cœur vaillant, rien d'impossible ! »*

CHAP. 9

Boris Dulac entre dans le compartiment, le visage pâle, la bouche sèche, mais sûr de lui. *De la méthode et du courage ! Descartes, bien sûr, et en quantité ! et puis une bonne dose de Sénèque !* Il en aurait pour deux. *Aie confiance en moi, mon garçon !* Il s'assied. Puis, il réalise qu'il n'a pas appelé le CHU. Il se lève et sort dans le couloir. Tous les regards se portent vers lui. Incroyable comme on ne peut se passer de l'ordre logique des choses ! Il suffit d'un homme, qui, à peine entré, ressort, pour que chacun s'interroge.

Juste par habitude d'une certaine organisation sociale. Pas par une subite empathie envers l'autre. Mais, parmi eux tous, c'était celui qui donnait le plus une impression de logique intellectuelle. Alors qu'il se lève, juste après s'être assis et les quatre autres se posent des questions. On ne pensait pas qu'il fut homme à oublier quelque chose. Ou qu'il n'ait pas réfléchi avant d'agir. Encore moins qu'il eut commis une erreur.

Puis chacun reprend le cours de ses pensées.

Vidord, cramoisi, tapote sa console comme un sprinter de course de haies. Puis sort son téléphone. Fouille dans son iphone. Revient à ses JO sur DS. Mona, la jeune fille, gracile, se lève et s'étire. La jupe remonte le long de ses cuisses dorées. Elles sont parfaites : musclées, pas trop, longues, pas trop, dorées, juste à point. Josette l'admire, avec tendresse, parce qu'elle a gardé une vibration de l'enfance. Bien que Mona ait collé une image d'adulte sur son visage et son corps, elle resplendit de fraîcheur. C'est une enfant mâtinée de femme ou une femme métissée de l'enfance. La femme se façonne, plus tout à fait candide, mais sa jeunesse l'a dotée d'une joie encore vraie.

Est-ce dû à la beauté naturelle de la jeune fille ?… Josette repense à la Loire, cette belle alanguie, à la chevelure de renoncules, dans son lit de sable. Elle attend son rendez-vous vespéral avec le soleil. Dans quelques heures, il allongera ses rayons sur elle, se couchera en elle et l'embrasera. Ils illumineront leur étreinte émouvante et impudique. Ils couleront ensemble au creux de leur lit sablonneux. La nature a l'érotisme poétique !

Josette se laisse dériver auprès de son plaisir. Un instant de beauté a quelque chose d'éternel… Elle regarde par la fenêtre le ciel du soir. La lune a déjà dessiné un léger croissant dans le ciel. *Pourquoi est-elle là ? Juste pour troubler mon bonheur ?* Pas encore enceinte, mais déjà laiteuse, sa luminescence l'embarque… Elle ne l'a pas voulu ! Mais, par son silence, n'y a-t-elle pas consenti ? Pourquoi ne s'est-elle jamais levée ? Pourquoi ne lui a-t-elle jamais barré la route ? Elle l'a laissée faire. Elle l'a laissée descendre à la cave. Ne rien dire, ne rien faire, est-ce déjà être coupable ? Doit-elle endosser ce qui ne lui est pas imputable ? Est-on coupable de son silence ? de son inaction ? Elle s'en veut. Elle en veut à cette mère qui l'a faite lâche, mais elle rêve de vengeance ! Un jour, elle se vengera. Elle agira.

Cette mère qui a tout fait pour gâcher son existence. *À ses yeux, je n'étais jamais assez. Jamais assez sage, jamais assez intelligente, jamais assez belle, jamais assez propre, jamais assez docile, jamais assez obéissante, jamais assez effacée. C'est ça : je n'étais pas effacée, au point de ne plus exister ! Elle a voulu faire de ma vie un lieu déserté par le plaisir. Reconnaissons-lui cette modeste réussite. Elle aurait voulu que je rate la première marche pour que je dégringole le long de la vie sans jamais me rattraper. Et encore un certain succès à son passif ! En réalité, j'aurais voulu que la raison d'être de ma vie soit les enfants. Défendre et protéger les enfants.*

Bien sûr je n'en ai pas eu. Parce que j'ai fait fuir les hommes qui m'ont vu. Quel sex appeal ! J'ai l'art de décerner un diplôme de non-affinité à tous les prétendants imaginaires qui tenteraient de m'approcher ! C'est alors un déchirement que de les voir si meurtris. J'y puise, dans mes nuits haletantes, le plaisir réitéré de les éconduire à nouveau pour mieux me repaître de leurs lamentations. Sont-ils dignes de mon indifférence ? Voilà une belle question pour les dimanches pluvieux ! Elle me maintient vaillante ! Un vrai plaisir solitaire !

Aux bien intentionnées, qui se désolent de me voir seule à cinquante ans dépassés, je m'exclame : que regretter ? Un baratineur, bon le temps de la période d'essai ? ou bien m'ennuyer avec un qui ne l'est pas, même après renouvellement ? Variante : le plus altruiste des hommes vous offre le livre qu'il a envie de lire et le plus égocentrique regrette jusqu'au sperme qu'il vous a laissé au plus chaud de votre corps. En général, les bien intentionnées me foutent la paix quelque temps.

J'aurais pu alors exercer un métier au contact des enfants, au lieu de quoi, je m'occupe de personnes âgées dans un EHPAD, selon les recommandations parentales ! Le devoir auprès des anciens... Nos aînés doivent être honorés et choyés... Ce que je fais avec dévouement. Mais ce n'est pas le sens que je voulais donner à ma vie.

Heureusement, une fée, égarée au milieu de toutes les sorcières convoquées par ma mère pour ma naissance, a eu, juste avant d'être démasquée et chassée du château, le temps de me refiler le don de tourner les choses tristes en dérision. Hé hé !

Je pense que je n'ai jamais fait partie de ma mère. J'étais une occupante sans titre. Neuf mois de bail et puis dehors l'intruse, l'étrangère, l'immigrée clandestine (chercher le salaud de passeur qui en a bien profité) ! Reconduite aux frontières. La mioche l'avait fait grossir, avait tiré sur son ventre, avait poussé sur son utérus.

Juste dans le but, évidemment, de la faire souffrir. Ma mère ne cessait de me le répéter, me le jeter au visage. Pas un accouchement, un dégazage sauvage ! Il n'aurait pas fait bon s'attarder dans les ténèbres de son ventre, il y faisait si froid ! L'isolation thermique était vraiment à revoir !

J'aurais aimé me blottir le soir contre mon ours. Mais il devait rester assis sur une étagère, pour que je ne l'abîme pas. Suffisamment éloigné afin que je ne puisse pas l'attraper, mais assez près pour que son regard doux et luisant me sourit. Jamais je n'ai osé un élan vers ma mère, sachant le croche pied qu'elle me tendrait. Je ne sais vraiment pas pourquoi elle m'accueillait le matin par un petit rire sec et saccadé, inatteignable. Avantage en conséquence : assurée toute sa vie d'être tranquille, la Josette, en tenant à distance ceux qui auraient pu lui vouloir du bien !

C'est toujours le malheur qui a fait les premiers pas. Moi, de tempérament (d'où venait-il celui-là ?) j'aurais plus résolument et plus volontiers marché d'un bon pas vers la joie. Ah ces parties de cache-cache entre elle et moi ! La gaieté se cachait et moi je tentais de la débusquer. Moi, je ne me cachais jamais. Elle ne m'aurait pas cherché. Et c'était plus facile pour les coups durs de me retrouver.

J'aurais aimé aller frapper à la porte des agences de voyages, des librairies, des restaurants, des salons de coiffure et d'esthétique (oh le boulot !). Mais je me retrouvais à Pôle emploi, aux Assedic, chez EMMAÜS, à Lidl, au Secours populaire, aux resto du cœur. J'avais l'impression de prendre la vie à rebrousse poils.

J'étais naturellement attirée par la douceur des plaines, la somptueuse tranquillité de la Loire, la fraîcheur des feuillages. Mais le parcours n'était fait que de pics, crevasses et fractures. Ma mère et la vie qui va avec, m'avaient promis du malheur. Et elles ont tenu promesses !

C'est réconfortant. Ma mère a été un escamoteur de premier plan. Un modèle pour Jérôme Bosch ! À la beauté que j'aimais, elle y substituait la méchanceté ou, les bons jours, un peu de cruauté !

En conséquence j'ai ourdi une technique très aboutie pour dégoter les bouts de joie comme d'autres dénichent de petits jobs. Parfois je trouvais des CDD de bien être alors que je pointais au chômage longue durée de la malchance. Jamais connu la fin de droits ! La vie tenait absolument à avoir mauvais caractère, aucun sens de l'humour, mais moi, soit je l'ignorais, soit je la taquinais quand même !

Je pensais : le bonheur est une richesse et si l'on taxait les signes extérieurs de bonheur, j'y échapperais. Mais je sais bien pourquoi cet impôt n'existe pas ! Chacun le cacherait ! Et à la manière des fenêtres obstruées au temps de la fameuse contribution, l'impôt sur le bonheur assombrirait la vie !

Mais, à certains moments, j'aurais quand même bien volontiers engagé des négociations de paix avec la vie. Prendre conscience, de part et d'autre, que la guerre de tranchée ne débouche sur aucune avancée. Mettre le holà à quarante années de brouilles et de malentendus. Juguler les incidents de frontières. Mettre fin aux hostilités. Ou du moins un moratoire ! un cessez le feu ! un armistice...

Le sens que j'aurais aimé donner à ma vie c'est me venger de ma mère en vivant emmarmaillée, toujours à l'affût d'un petit à aimer, protéger, défendre !

Josette vaque dans ses autodiscussions, pendant que ses doigts scandent l'air bien connu de la progression laineuse. Vidord s'acharne compulsivement sur sa DS en poussant des soupirs. Boris est assis, le visage livide et ferme. La pensée du greffier est auprès de sa mère *« en dispersant quelques mots ce soir, il m'a semblé que j'étais un oiseau pour lequel tu émiettais du pain* ». Mona feuillette ses magazines, un œil sur eux, un autre sur Vidord, un sourire irrévérencieux aux lèvres.

Le train n° 60017 transporte ces voyageurs vers leur destination, ce 19 mai 2009, sans que rien n'annonce ce qui allait se passer ce soir-là.

CHAP.10

Elle adore ça, les tests en tous genres ! Elle en est friande, la charmante Mona. Celui que lui a passé Sandrine sur le thème « Femme ou fille » va lui plaire, elle sent ça.

Vous voyez le monde comment ?

— pour le recréer
— pour y prendre votre place
— avec des yeux émerveillés
— pas comme il est maintenant, mais comme il sera plus tard

Mona s'interroge toujours sur les conclusions qui peuvent être tirées de ces questionnaires. On peut répondre oui à chaque question ou non, franchement la déduction peut conduire à « femme » ou à « fille » ! La logique psychologique lui échappe. Elle sait que c'est le recoupement d'un ensemble de réponses qui peut conduire à une déduction relativement fiable. Mais bien que dubitative, elle ne peut s'empêcher de mordre à l'hameçon !

J'ai envie de répondre oui aux trois premières, oui et non à la quatrième. Mais peut-on changer un monde dans lequel on a pris une place ? Tout dépend de la place ! Si elle est bonne, comme celle de papa, je vois bien que le monde lui convient comme ça ! Moi, en fait je n'y suis pas vraiment déjà dans le monde ! Quelle part ont les jeunes ? On n'est pas autonome financièrement, on ne produit pas de profit et on bénéficie déjà du système ! Pourtant je suis pas mal dans ma peau, mieux qu'il y a trois ans où je me voyais comme un boudin gratiné de boutons. Je ne sais toujours pas ce que je ferai plus tard, mais je me sens mieux… justement parce qu'un peu plus femme et moins petite fille ? Brrrr ! pas trop femme quand même ! Heureusement, j'aime encore rigoler !

Quand vous faites du shopping, vous préférez.

— chercher des fringues pour vous ?
— discuter avec la copine qui vous accompagne ?
— penser à ce qui plaira à vos enfants ?
— chercher à faire un cadeau à votre chéri ?

Oh oui je raffole des fringues ! J'aime faire le Boulevard St Michel, Saint-Germain-des-Prés, les boutiques de luxe, les lieux hype, mais le must c'est Covent Garden à Londres ! Mon look c'est ma vie ! Et la lingerie sexy ! Je mets tout mon argent de poche là-dedans et dans les produits de beauté ! C'est le côté cool de ma vie. Mais la copine pour tout se dire, piapiater sur un peu tout, c'est indispensable en faisant du magasinage ! Parler de nos marques préférées Givenchy, Paule Ka, DDP, Cop copine… Ouais c'est bien aussi. Je fais rarement les boutiques toute seule. Penser aux enfants ? ah non ! bien sûr que non ! Quant au cadeau au chéri, je préfère qu'il m'en fasse !! Mais ce sont les vieux, les trentenaires, qui me gâtent. Les plus jeunes ne savent pas plaire avec ça.

Quelles qualités vous semblent essentielles ?

— la générosité
— le sens des responsabilités
— l'intelligence
— le courage

Il n'ont pas mis la beauté ! Bon, en premier l'intelligence ! D'abord c'est ce qu'on nous demande en cours. Mais ça sert aussi après ! Y en a même qui l'utilise pour leur métier ! Moi je sais pas ce que je ferai plus tard. Bon, c'est pas la question… Le courage ? ouais il en faut, mais à tout âge. Nous les jeunes pour faire notre trou, après pour bien se positionner, plus tard pour accepter de vieillir. Et puis y a les sales trucs qui peuvent nous tomber dessus à tout âge. La petite sœur de Sandra a un cancer. Alors oui, il lui en faut du courage ! Parfois Sandra m'envoie des SMS désespérés. La générosité ? Ouais sûrement mais on m'a pas trop appris ça. Le sens des responsabilités ? on verra plus tard. Bon, je me doute que mes réponses donnent plutôt de la 'fille'majoritairement !

Quand vous sentez-vous femme ?

— quand vous vous maquillez
— quand vous prenez un bain
— quand un homme vous fait l'amour
— quand un homme se retourne sur vous dans la rue

Oui, non, oui, oui ! et que oui ! Oui à la première, parce qu'après l'entraînement c'est la première chose que je fais. Le matin aussi. Avant même le p'tit déj ! Non à la deuxième, parce que je n'ai pas le temps de prendre un bain, je ne prends que des douches. C'est ma touch citoyenne ! Pour le reste, bien sûr que ma beauté et les hommes me boostent ! Mais suis-je alors femme ou fille ? Je plais : je suis une fille. Le mec pour un soir, suis encore une fille. Y a de la sensualité, de la tendresse, quelque chose de plus, ça tire vers la femme… Le grand amour ? sans doute un jour… pour l'instant frissons et galipettes ! ne confondons pas sexualité épanouie et amour pour la vie !

Quand vous sentez-vous fille ?

— quand vous mettez du mercurochrome sur une égratignure
— quand vous discutez avec des plus jeunes que vous
— quand vous riez pour un rien
— quand vous demandez l'avis de vos parents

Pff si je devais mettre du mercurochrome pour chaque égratignure ! Elle est stupide cette question ! J'aime discuter avec des jeunes de mon âge, les plus jeunes ne m'intéressent pas. Les plus vieux, je les aime juste au lit ou au resto. La dernière question ? Il faudrait avoir des parents disponibles pour ça !

Sortir avec qui ?

— l'homme que vous aimez
— les copines
— seule
— avec quelqu'un que vous venez de rencontrer

D'abord les copines, y a pas mieux qu'un petit dîner hilarant entre copines ! Ensuite un homme of course ! Je quitterai tout pour une soirée séduction. Sortir toute seule, ça m'arrive. Quand je suis en compét à l'autre bout de la France et qu'on n'est pas en équipe, je me laisse pas aller, je m'offre ma petite sortie au ciné et je savoure… ce qui n'empêche pas de rencontrer un beau brun ténébreux dans la salle obscure… ou un camé au ginseng au bar !

Quelles conversations avec vos amies ?
— vos hommes
— vos enfants (actuels ou à venir)
— les films de la semaine
— la sexualité

Les mâles, je suis un peu addict. Pourquoi une question sur les hommes et une autre sur le sexe ? Les hommes et le sexe c'est pareil ! ? euh… pas forcément. On parle aussi de leurs maladresses, de leurs façons d'être, pourquoi ils ne parlent pas d'eux… mais aussi de leur manière de faire les câlins, qu'ils savent pas faire de compliments, qu'ils en font pas assez dans les préliminaires… Les enfants ? ouais y a des copines qui en parlent, moi j'hallucine qu'elles y pensent déjà !

Vieillir un peu…

— vous fait peur
— vous rassure
— vous apportera de l'indépendance
— vous apportera des soucis

Je sais pas répondre aux deux premières, mais c'est sûr que j'aurai encore plus d'indépendance quand je ne dépendrai plus de personne ! Bof les soucis ! y en a toujours plus ou moins…

C'est curieux parce que ça lui fait toujours cet effet en fin de questionnaire : primo, elle connaît la réponse qui la concerne sans même se reporter à la réponse-analyse… deuzio, elle a une envie furieuse de dépsychoter tout ça !

N'empêche que Mona, en reprenant son feuilletage, du Spécial mode, aux Conseils de beauté, en passant par quelques petites Recettes sympas, finit toujours par l'Horoscope ! D'accord c'est nul, ça n'a aucun sens, elle n'y croit pas, mais c'est franchement drôle !

Entre le grand coup de frais dans votre vie (ne pas oublier la p'tite laine), les bonnes résolutions qui, cette année seront plus durables que par le passé (date de péremption à vérifier) et les conseils du genre pensez à payer vos factures (merci p'pa), foncez (horoscope optimiste, nécessairement) mais prenez le temps de mettre à plat vos idées, sans vous montrez trop idéaliste (…mais pas trop naïve quand même !), restez concret (t'as raison, faut pas rêver), vous allez vous étonner (c'est déjà fait !), au boulot, méfiez-vous des chefs qui en demandent toujours plus (si si j'vais le laisser m'assassiner), vous tirerez votre épingle du jeu (justement j'ai un bouton à recoudre), laissez-vous porter par la chance (trop fort !), bien que vos neurones soient très sollicités, restez zen (quel coach !)…

Mais le top c'est bien sûr l'horoscope côté cœur !... Ouvrez les yeux y a quelqu'un qui vous veut du bien (ouais mais t'as vu sa tête ?), vous hésitez entre romantisme et exotisme (dois-je choisir ?), paressez dans votre cocon d'amour (il m'a plaqué hier), osez l'aventure très hot (pas plus d'une par semaine), disposez de votre potentiel érotique (easy), vous êtes très entourée (un seul à la fois SVP), quelle séductrice vous êtes ! (ouiiii je crois à mon horoscope !).

Sympa le dérivatif phényléthylaminé ! Et elle se met à regarder les trois hommes du compartiment avec un appétit nouveau... le p'tit gris seulement après une cure d'amphétamines, le Boris c'est le modèle d'expo culturiste en intello, ça doit taquiner les fantasmes, quant à Vidord avec sa gueule de pirate/camionneur, il doit être une bombe pour les instincts primitifs ! Ah qu'est-ce qu'on se raconterait pas pour passer le temps !

Ce 19 mai 2009, vers dix neuf heures quinze, le train n° 60017 reprenait une vive allure. Aucun signe annonciateur d'un événement qui eût pu les concerner tous les cinq.

CHAP. 11

Vidord s'agite. Vidord a horreur de dépendre de qui et de quoi que ce soit. Au volant d'une voiture, il commande. Là, dans ce train, il subit. Les autres sont faits pour supporter, pas lui ! Les autres ont tort, les autres sont cons, les autres doivent obéir. Ils doivent *lui* obéir ! Il se délecte dans l'exercice de son autorité. Dominer, consacrer son énergie à vaincre les obstacles que constituent les autres ! ça il aime ! Etre fort, plus fort que tous ces p'tits cons qu'il rencontre sur son passage. Lui, il fonce ! Il n'a peur de rien. Personne ne lui fait peur. Il ne recule devant aucune difficulté.

C'est parce que je n'ai que des adversaires que je suis courageux ! Il faut se battre, toujours et contre tous ceux qui t'empêchent d'être toi-même ! J'lui ai souvent dit à l'avorton ! Mais il tenait trop d'sa mère. Un faible, comme elle. J'lui disais qu'il ne fallait avoir peur de rien dans la vie. La fortune ça n'arrive pas comme ça. Faut se battre pour y arriver. J'lui ai souvent dit. Mais c'était une mauviette, l'avorton. Et le pognon y en a jamais assez. Alors ça motive pour toujours continuer. J'lui ai expliqué que le courage c'était, d'abord être soi, mais c'était, ensuite, triompher des autres. Mais il n'avait pas le calibre !

Il ne suffit pas de dire du mal des autres, il faut aussi leur en faire ! Que j'lui disais à l'avorton. Mais il n'avait pas l'étoffe. Et puis il ne savait pas si prendre. Il a voulu être trop honnête. Et ça, on s'fait coincer un jour ou l'autre. Quand on veut réussir, faut y aller franchement. Pas des demi-affaires, et surtout faire faire les trucs qui craignent par d'autres, jamais en direct. D'accord pour entreprendre, mais laisser les p'tits prendre les risques. Quand les flics peuvent repérer, c'est pas bon. Faut envoyer les p'tits cons au front. Mais ça, il a pas compris. Tant pis pour lui.

J'le sentais venir. Dans l'affaire du bar à filles, il a fallu qu'il tombe dans les bras de la p'tite Sacha. Flamboyante ! et au lit, décollage assuré ! d'accord. Mais elle n'avait pas d'parole, cette fille. Elle causait trop. Martin était sur le coup. Il a su la faire parler. Et ça a capoté. Là où ça a encore plus chauffé c'est avec le BTP. J'lui avais dit, commence jamais. Si tu déclares un peu aux impôts, ce peu-là te fait repérer. Moi, j'ai toujours tout passé à l'as.

Quand il s'est lancé dans le cuivre. OK ça rapporte. Il voulait pas d'effraction. Un cœur tendre, l'avorton. D'accord j'lui ai dit, vas-y. Mais il a trop grossi les factures. C'était pourtant pas mal au début. La revente en multipliant par cinq. Des thunes en masse. Nickel… pour du cuivre ! ah ah j'suis content de moi !… Responsable du chantier, il était bien placé. Mais ça faisait un peu trop de tonnes pour ce chantier. Faut pas oublier d'réfléchir.

Discuter avec des élus, bon plan, aussi. Il avait des idées, l'avorton. Mais il n'allait pas jusqu'au bout, ou il savait pas bifurquer au bon moment. C'est pas parce que les petites enveloppes passent qu'il faut offrir le gros magot. Il avait pas la psychologie du milieu. Les repas, les filles, les voyages tous frais payés, bon. Mais là c'était plus un cadeau, c'était un morceau d'paradis, pour un maire d'une ville moyenne ! Il a pas vu venir le revers.

Comme l'opposition commençait à parler, que les magistrats en avaient eu vent, que les flics reniflaient et que les élections approchaient, logique, le maire a voulu se blanchir les bulletins. Normal. L'avorton aurait dû attendre que la campagne soit finie. Voir qui l'emportait et après prendre le temps de revenir doucement vers l'heureux élu. Il a continué avec ses gros sabots, comme un bouseux. Tant pis pour lui.

Parfois j'lui disais vise pas trop haut. Monte peu à peu. On n'attaque pas la Banque de France quand on peut voler le p'tit commerce. N'attends pas les grandes causes, saisis l'instant. Mais il était un peu tendre, l'avorton, il aimait pas ça voler. Il préférait ruser, détourner, cacher. Ça lui correspondait mieux. Pourtant la diversification, c'est d'la bonne gestion. On s'fait moins repérer. Dans l'milieu on se spécialise trop tôt. Non, reste un généraliste, que j'lui disais. La Foir'fouille des bonnes affaires. Un peu de tout qui rapporte à la fin beaucoup.

Et puis fallait savoir aussi bouger à bon escient. Pas répéter toujours les mêmes gestes : je triche, je fraude, je truande et je recommence, je triche … Diversifier les actions : foncer dans l'tas, descendre dans l'arène, monter sur les planches, plonger dans les affaires, s'accrocher aux branches, décrocher la lune, grimper aux arbres, secouer le cocotier, armer son bras, empoisonner la vie des autres. Varier les moyens. Si tu fais celui qui pratique avec art, on ne pensera jamais que t'as tué avec un tournevis.

Et puis faut savoir manager son équipe. Savoir motiver, convaincre : juste un mot pour faire naître la crainte, un petit chantage bien placé et l'autre t'obéit. Parfois faut se montrer avenant, chaleureux, cordial, pour que le type te fasse confiance. Le cœur sur la main, il ne veut plus qu'une chose : te servir au mieux. À la vie, à la mort ! D'autres fois faut prouver au type qui veut travailler pour toi, que t'en as ! Sur une entourloupe – un de mes gars avait gardé les bénéfices pour lui seul – j'avais pas hésité, j'lui avais cassé la gueule, juste un avertissement. Il a compris nickel le gars. Et le soir même, le nouveau est venu vers moi et m'a dit : je serais fier de t'obéir ! Mais l'avorton, il écoutait pas dans ces moments-là.

…

Boris se concentre. Il sera bienveillant, se montrera compréhensif. Bien sûr. Cet enfant souffre. Il l'écoutera. Comme il a toujours fait. *Il n'avait pas cinq ans, que déjà je lui parlais. Je lui expliquais la géopolitique. Il me posait des questions. Pourquoi les Américains sont les plus forts ? Quel est l'avenir de la Russie ? J'étais étonné par tant de curiosité ! Il comprenait tout ! Parfois le soir, il finissait par s'endormir. J'étais fier par avance de ses rêves : il allait parcourir le monde dans sa nuit... Incontestablement j'ai été très présent : pas un relevé de notes ne m'a échappé ! Et aucune matière n'échappait à la double règle du pas-moins-de-dix-huit et du pas-moins-que-la-dernière-fois. J'y ai toujours veillé.*

Soudain, il saisit la clé de ce qu'il fallait bien appeler, dans le langage jeune, un "pétage de plombs". Il était certain d'avoir élucidé la cause de cet événement : l'absence de sa mère. Pire sa trahison ! Elle est partie sans rien lui dire. Elle l'a abandonné. Quel enfant peut supporter cela ? Un ado est fragile et elle a choisi ce moment précis pour le quitter. Ce qu'il a fait, n'est qu'une réponse à la violence de la désertion de sa mère. Son désarroi l'a poussé à cette extrémité. Le lien de causalité entre ces deux actes inouïs est évident !

Mais cette absence ne datait pas d'hier. Il voyait mille indices révélateurs de la défection de sa femme, de la mère de son fils. Musicienne, elle était souvent en déplacements. De concerts en concerts à travers la France, mais aussi en Europe. Certes, c'était une pianiste reconnue. Et il était plutôt satisfait de cette gloire, qu'il aurait volontiers vue à une échelle plus planétaire. Elle était très pédagogue, elle aimait à expliquer l'origine d'un morceau, l'inspiration du compositeur, ces choix d'accompagnement à la main gauche, les variantes retenues... Aussi quand elle n'était pas en tournée, allait-elle souvent dans les lycées présenter des auteurs-compositeurs. Ces préférés étaient Chopin, Beethoven, Mozart, Haendel... mais aussi Debussy, Stravinski, Prokofiev, Ravel, Messiaen, Satie...

Ses pensées reconstituèrent peu à peu leur vie à partir… de ses billets d'avion, ses invitations, ses programmes, ses agendas surchargés, les plans de ville, les cartes postales, les coupures de presse, tous objets qu'elle conservait depuis toujours dans un grand placard de son bureau. En voulant ranger ce fatras de réminiscences, il chercha vainement des critères… Tout se brouillait. Quand leur vie avait-elle déraillé ? Il y a forcément des prémisses à pareil séisme. Un prélude, un orage, un point noir à l'horizon… Il fouillait leur vie, comme on cherche dans la maison de ses parents décédés, un secret, soupçonné du plus loin de l'enfance.

Retrouvant, ici une scène attendrissante, là une dispute sans motif, un petit mot avec un soleil, un long baiser sous la pluie, une étreinte voluptueuse, il s'asphyxia… Tous ces souvenirs le cernaient, le pressaient, révélant Son absence avec d'autant plus de violence. Il tentait de mettre de l'ordre et de ranger tout ce fouillis, mais plus il voulait trier, et repérer chaque souvenir, plus il se perdait. Il les convoqua un à un : nom ? prénom ? date de naissance ? lieu d'apparition ? date de décès ?… non ils n'étaient pas morts, ces souvenirs ! Il ricana : peuvent-ils même devenir obsolètes ?

Les évocations se dispersaient, refluaient, mouvantes comme des nuages de brume. De la méthode ! je reprends par thème : « scènes d'amour », « scènes de ménage », très vite une troisième et une quatrième catégorie intermédiaires s'imposèrent. Avec fermeté, il entreprit de procéder chronologiquement. Mais les fantômes se refusèrent au rangement chronologique. Ils se mêlaient, s'interpellaient, brouillons, indisciplinés, parfois heureux de se retrouver, parfois défaits par leur similitude nocive. Ce désordre, ou plus exactement son incapacité à le surmonter amplifiait chez Boris le sentiment insupportable d'un certain désespoir.

Ce qui l'agaçait le plus, c'était ses souvenirs dérisoires – une pâquerette à côté de ses copies, un cheveu coincé entre deux feuilles de cours, la douce somnolence d'après l'amour, un paysage partagé dans un enlacement simple et chaste… Il voulait sélectionner ceux qui avaient joué un rôle déterminant dans leur histoire. Et aujourd'hui dans celle de leur fils. Il devait y mettre plus de méthode et de raison que de sentiments et d'émotions. Il fallait d'abord éliminer les souvenirs inutiles. Il parvint à en jeter quelques uns. Pourquoi, mais pourquoi il buttait sur de minuscules souvenirs qui bientôt l'encombraient à ce point ? Il enrageait.

Sa méthode de rangement, de classement, de tri, de choix, d'évaluation, de sélection, d'ordonnancement, si éprouvée, si efficace, avait des ratés aussi ridicules que ceux d'une vieille guimbarde pétaradante. Si le passé ne voulait pas se laisser faire, il allait s'attaquer à l'avenir ! Après tout, c'était cela l'essentiel. Maintenant qu'il avait compris pourquoi cet enfant était désespéré, il fallait élaborer les solutions. Et ce n'est pas en se retournant sur le passé qu'il y parviendrait. Des formules expéditives saluèrent ce retournement de stratégie : Le roi est mort, vive le roi… Du passé, faisons table rase…

Il fallait que son fils largue le passé pour investir le futur. Il dressa à nouveau le plan de bataille. D'abord prendre en mains cet enfant. Lui dire la vérité ! Il doit avoir le courage de regarder la vérité en face ! Certes sa mère est partie, mais elle reviendra peut-être… Non, sa mère est partie. Mais sa vie à lui est à construire. Cette perte lui ouvre la voie de sa construction en tant qu'homme. Oui, c'est ça, lui montrer que c'est le moment de passer de l'enfance à l'âge adulte ! Ce n'est pas en s'atermoyant sur le sentiment d'insécurité que l'on avance. Il doit abandonner l'enfance pour devenir un homme… Oui, c'est ça, quitter la chrysalide maternelle et s'élancer.

Ensuite, lui montrer le chemin. Brider sa fougue, en pratiquant régulièrement du sport, contrôler ses pulsions en faisant l'amour une fois par semaine (il faut que je lui parle de ça aussi !), diriger sa vie en sachant faire des choix judicieux et réfléchis et, à cette fin, utiliser sa raison, faire confiance à son esprit cartésien. De la méthode et du courage ! La formule retrouvée, l'apaisa. C'est en suivant ces préceptes que son fils conduira l'histoire audacieuse de sa vie !

CHAP.12

La scène allait prendre quelques minutes. Mais ces minutes seraient sans mesure ni de temps, ni d'intensité. Des bruits avaient-ils annoncé sa venue ? Son irruption avait-elle été soudaine ? Personne n'aurait pu répondre à ces questions ! Personne. Aucun d'eux !

Quand la porte s'ouvrit brutalement, tous les regards se tournèrent vers elle. Lorsqu'ils virent surgir un jeune homme excité, bruyant, vociférant, leurs regards se figèrent. Il était ivre, ou drogué ou les deux. Il criait, ricanait. Il tenait un cutter. Une ombre s'immobilisa dans le couloir, semblant faire le guet.

Il fit rapidement son choix. Facile. La seule qui pouvait l'attirer. En deux pas il fut sur Mona, le cutter à la main. Il hurlait, menaçait.

Il l'enjamba et la maintint sous sa prise entre ses cuisses. Son haleine lui cracha une odeur âcre au visage. Elle voulut le tenir à distance. La puanteur l'écœurait. Une saveur blafarde suintait de sa bouche et s'écoulait au coin de ses lèvres. Elle tendit les bras pour le repousser.

Alors, elle vit seulement, à ce moment-là, son regard. Pas effronté, mais haineux. Chargé d'alcool jusqu'à la gueule, mais aussi de désir. Un désir dégueulasse. Un désir de quoi ? Elle ne sut pas s'il avait plus envie de la baiser ou de la tuer. Cette fulgurance de mort lui donna un sursaut de force.

Mais qu'est-ce que tu crois sale meuf? c'est moi qui décide! quand j'veux! Elle comprit que ce qui l'avait porté jusqu'à maintenant, sa beauté, allait lui coûter cher. *Trop belle pour être zébrée, hein, tu crois ça?* Il appuya le cutter sur sa joue, juste pour qu'elle sente la lame. La tension immense électrisait le silence.

Elle avait l'impression de le tenir à distance et pourtant son haleine l'encerclait au plus près. Il l'agrippait avec une force inouïe. Son regard était strié d'envie et de violence. Rien d'intelligent là-dedans. Ce cri? Est-ce lui qui ricane? Elle même qui hurle?

Une sueur acide lui glaçait le dos et piquait ses reins. Tout son corps se tendait sous l'appréhension. Son ventre dur se tordait. Elle avait déjà mal avant même qu'il ait… Non, pas ce sale type! Des vagues d'angoisse l'escaladaient puis la dévalaient. Elle avait voulu crier? Avait-elle crié? hurlé? aboyé? meuglé? La rage du garçon se décupla. Il déchira son chemisier.

Elle se désarticulait, se dissociait. Elle n'était plus elle, une autre était son corps. Pourtant sa tête restait lucide, raisonnante, consciente, forte et horrifiée. La tragédie était dans ce corps ou dans sa tête? Il était là, sur elle, à moitié dénudé. Il tira violemment sa jupe vers le haut. Jupe relevée, entortillée autour de sa taille, elle était à portée de sexe.

Elle, qui avait toujours été libre de faire ce qu'elle voulait ne supportait pas de devoir se plier aux exigences d'un pauvre mec minable et camé. Tout en elle criait à la révolte. Elle refusait d'être prise au piège. Bien qu'hypnotisée par la réalité, elle crut, un instant, qu'en ouvrant à nouveau les yeux, cette vision allait disparaître. Mais il était là. Le regard pesant, l'haleine empestée. Elle se dit *Son cerveau est sur off, le mien fonctionne à merveille, je tiendrai, je tiendrai!*

Ses vêtements lui collaient à la peau. L'humidité roulait entre ses seins en une trainée chaude. Il déchira violemment ses collants. Mais il n'y parvint pas tout à fait. Il abaissa le cutter qu'il avait maintenu jusque là sur son cou moite. Il trancha vivement. Le sang gicla. Elle poussa un cri horrible ! La stridence persécuta les tympans. Sa petite culotte en lycra apparue… avec sa blancheur obscène ! A nouveau un geste sec, une éraflure rouge et un cri inhumain ! Le sang jaillit.

Ils ont entendu, merde ! qu'est-ce qu'ils font ? Ils vont le lever leur gros cul ? Ils vont se bouger ? Ils voient pas ce qui se passe ? Ils sont au spectacle ? ! ça cognait dans sa tête et dans son ventre. Un mélange de nausée fétide et d'éclairs de violence engluait sa respiration. Des frissons d'épilepsie la vrillaient. Du plomb tombait sur son diaphragme, lui coupant le souffle. Tenir, tenir. Elle, abdiquer ? Jamais ! Tenir, tenir jusqu'à ce qu'ils réagissent…

Et eux, en face, elle à côté, ils pouvaient se lever, comploter un truc, tous ensemble au même geste, ou l'un d'eux et puis les autres suivraient ! Son regard les chercha. Elle lançait de brefs coups d'œil à sa voisine. Ils avaient des têtes de possédés, dérisoires, inutiles. Blêmes comme des méduses, ils portaient des prothèses oculaires statiques. *Mais qu'est ce qu'ils font ces enfoirés ? On les croirait déjà mis en bière alors que c'est moi qui vais y aller direct !*

Elle les engueulait, les houspillait, les tançait. *Mais qu'est-ce qu'ils attendent ? avec leur gueule d'emplâtré ? ces damnés aux yeux globuleux ?* Et ce mec, là, tout près, la scrutant, la narguant. Elle s'en foutait de savoir si son cerveau était HS ou énucléé, édenté, ou émasculé. Elle s'en foutait du pourquoi, du comment-ça-lui-était-arrivé, de quelle-vie-il-a-eu-petit, de qu'est-ce qu'on-lui-a-fait-dans-son-enfance ? !

Elle a l'impression que les secondes s'éternisent. C'est quand le temps est compté qu'il prend ses aises. Il part dans tous les sens, occupe tous les organes, tous les tuyaux, il cherche les limites. Il s'enlise, se noie, stagne. Il s'enfonce en elle, dans chaque muscle, chaque muqueuse, chaque cellule. Il prend appui, demeure. Il s'est arrêté en elle, épais, saturé, harassé. Il a planté ses dents dans ses nerfs et n'avancera plus… Pourtant ses neurones fonctionnent à plein. *J'suis seule à réfléchir à 200 à l'heure ici ?*

Soudain, le cutter est devant ses yeux, rouge, effrayant. Le cutter… *c'est moi qui décide, je fais c'que je veux ! Hein, tu m'entends, la sale meuf !* Il la secoue violemment, *j'te dis que si j'veux j'te défonce ! j'te ravage !* Tenir. Oser le regarder. Tu m'fais pas peur. Ce mec te dit qu'il fera ce qu'il veut de toi. Tenir. Son souffle âcre. Ne pas glisser vers cette nausée boueuse qui remonte à ses lèvres. Ce mec est sûr de lui. Tenir. Ne pas le provoquer ? Tenir jusqu'à ce que les autres…

Quatre pétrifiés, immobiles, statufiés, blafards, la regardent sans rien voir. *Qu'est-ce qu'il leur faut pour qu'ils bougent leur cul ? Faut pas les brusquer ces p'tits messieurs et cette vieille mémé ?* Ses pensées défilaient à toute allure, incessantes, elles se relayaient, se rangeaient, se succédaient, rapides, brèves, vives. Surtout ne laisser aucun espace à la douleur ou à la peur. Pas le moindre interstice où elles s'infiltreraient pour l'engloutir. Tenir, tenir par l'esprit, mettre à distance.

C'est tout visqueux, là en-dessous. On dirait que ça coule lentement. Vite enfiler les pensées, saisir les mots, les réveiller ces abrutis qui le laisseraient la déchirer… C'est pourtant tout visqueux là en dessous. Non, pas ça ! Pourtant elle ne paniquait pas, non elle était extra-lucide, présente totalement, consciente.

Consciente d'une chose visqueuse et chaude qui coulait lentement le long de ses cuisses. Et eux, comme derrière une vitre, qui assistent, en léthargie, à une scène d'horreur, leur discernement dissout dans l'effroi. Pourtant ils sont là, si près qu'ils la touchent presque, qu'ils pourraient bousculer ce mec, le plaquer au sol, l'écrabouiller.

Leur inaction était aberrante. *De quoi ont-ils peur ces lâches ? ce n'est pas le moment de se demander si ce type est fou, s'il va les découper en rondelles ou les trouer. Qu'ils agissent, merde !* Brusquement elle le vit qui ouvrait sa braguette et sortait son sexe tendu et rouge. Il le guidait vers le sien. Il allait la clouer et s'enfoncer. Elle hurla à bousiller ses cordes vocales ! Ses cris explosaient et rebondissaient dans sa tête… et contre quatre visages horrifiés, figés, hideux.

Forcément ils m'entendent ! Forcément ils voient ! Il me défonce le bas ventre, il me déchire de l'intérieur et eux restent immobiles ! sans vie, résignés, engloutis. Qu'ils sortent de leur torpeur ! Elle avait dû encore hurler ou bien il ne pouvait pas la pénétrer, le type lui balançait une gifle à travers la gueule qui la fit chanceler. Une violente lumière sombre obstrua sa vue. Elle sentit son corps partir en vrille. Il se tordit, gémit, implosa.

Des lombrics dodus et sombres couraient le long de son cou, ses bras, ses poignets, ses cuisses, ses jambes. Partout ses veines faisaient surface. De vagues fantômes hagards flottaient devant elle, à côté, ils bougeaient ?… Le visage du type surgit alors juste devant ses yeux, grimaçant. Elle sursauta. Des douleurs la cisaillèrent au creux du ventre. Son sang battait à ses tempes. Une coulée visqueuse mouillait sa jupe et dessous le siège. Sa respiration se bloquait par instants. C'était celle du mec ou la sienne ? Elle ne savait plus ! Tout était confus. Epouvantable !

Ne pas paniquer. Rester lucide ! Tenir. Et ces imbéciles momifiés ils ont attaché leur ceinture de sécurité ? les lâches, les salauds ! L'horreur n'est pas un argument de persuasion ? ils en ont déjà trop vu ? ils n'y croient plus ? Alors, les inhibés de l'empathie, vous allez vous bouger ? Elle fouillait leurs yeux de ses yeux. Pourquoi étaient-ils aussi fuyants ? inaccessibles ? Ce n'est pas la télé ! c'est pas le poste, crétins ! vous êtes vivants et je vais crever devant vous ! Ils vont bouger les hallucinés ?

Aucun n'avait bougé. Tout cerveau éteint, ils restaient les yeux grands ouverts, bloqués dans leur angoisse, hébétés. *C'est pourtant pas compliqué les gars. Vous vous y mettez tous en même temps, vous le prenez au cou, vous appuyez de toutes vos forces avec vos hanches. Il est au sol. On se précipite, on sort, on bloque la porte*... Elle parlait à des neurones déconnectés. Elle parlait à voix haute ? en elle-même ? Leurs cerveaux étaient en veille, à la traîne, en berne.

Elle n'avait jamais semblé aussi grande, aussi musclée, ainsi arc-boutée dans une tension enragée. Ses jambes en avaient parcouru des kilomètres dans des eaux pas toujours chaudes, mais jamais elles ne s'étaient crispées à ce point. Ses vêtements déchirés, ses seins à moitié dénudés, elle n'était que raidissement. Des ecchymoses bleuissaient ça et là. Un liquide visqueux et rougeâtre coulait là en dessous.

Quand allaient-ils se lever et lui casser la gueule ? Combien de temps allaient-ils rester englués dans leur trouille ? Sans raisonnement, sans instinct, sans conscience ? *ça se passe sous vos yeux et ça ne vous atteint pas* ? Tous ces mots qui défilaient à toute vitesse dans sa tête alors que la leur était bloquée. *Mais je suis là, je crève, sauvez-moi ! sauvez-moi, merde* ! Elle hurlait dans le vide. Le sang cognait son crâne avec une régularité incroyablement nette, en face, la vie les avait désertés, leur sang s'était évaporé !

Un visage défiguré surgissait d'une fosse que retenaient des mâchoires immenses et blêmes. Des branches figurant des lances ou des éclairs sortaient d'un paysage dévasté. Du sang s'en détachait par de grosses coulures noirâtres dans un nuage de cendres envahi par des cohortes de fourmis rouges et de croix gammées. Des sueurs mouillèrent son visage. Jamais elle n'avait vu de tatouage aussi répugnant ! En se penchant, le tee-shirt du gars l'avait laissé paraître sur l'épaule gauche. Son regard avait été quelques secondes, capté. Le tatouage l'hypnotisa.

Il exhalait une odeur nauséabonde qui la faisait suffoquer. Et son regard, là, juste devant, qui butait contre le sien. Un regard sale. Sale comme du mazout. Glacial, terreux, mauvais. Elle détourna son regard. Une salve de douleur aiguë la souleva. Elle vit des yeux fixés sur elle, couleur de la trouille. Et puis ils se mirent à basculer de droite et de gauche, comme si un roulis faisait tanguer le train. La nausée l'engloutissait.

Tenir, tenir coûte que coûte ! Quand je pense que son gros cul, à celui-là en face est bien callé au fond de son caleçon Dior, que son voisin si empressé n'a plus d'jus et que le p'tit gris là-bas est encore plus rabougri ! et la voisine c'est l'moment d'enfoncer tes aiguilles à tricoter dans ses testicules ! vas-y ! Oh si y a plus rien dans votre crâne peut-être que ça palpite encore un peu en haut à gauche ? y a du cœur ? oh oh y a du cœur ? Vous allez émerger ??!!

Un cri perçant ! un cri qui n'en finit pas de crier. Qui a crié ? Son voisin en face ? Elle même ? Qui ? Ce cri suraigu avait-il passé sa gorge ? À moins qu'il vienne de la vieille à côté ? Un cri qui fait sursauter les poils ! Un hurlement qui fait claquer les mâchoires ! Pourtant les hémiplégiques sont toujours là, sur leur siège, vidés de toute réaction. Sidérés. Les zombis sont bien à l'abri dans leur nombril.

Il n'y avait plus de dehors défilant, d'ailleurs silencieux ou bruyant, d'autre existence, heureuse ou malheureuse, d'oiseau, de fils indigne, de Maserati, de cave sombre, tout était concentré là, en ce lieu, en cet instant, dans ce corps à corps furieux et morveux, sanglant et abject.

Son corps était déchiré, brûlant, fiévreux, crispé, blessé, cassé. Mais elle voulait tenir, tenir. Ne pas laisser place à la douleur. L'angoisse ou la peur ne devait pas ruiner ses efforts, la vider d'un coup. Que la panique ou la fatigue s'en mêle et tout allait se fragmenter, se disloquer. Garder le contrôle. *Mais contrôle de quoi, pauvre idiote ? Qui contrôle tout en ce moment si ce n'est ce sale mec ! Tant que je ne panique pas, je reste maître de mon corps, oh mon corps... mon esprit, les dissocier pour exister encore ?*

Ne pas flancher. Tenir. Pourtant tout tremblait en elle. *Je vais te déchirer, te déchirer !* Elle s'entendait penser et se parler en continu. Et parfois hurler, hurler à leur transpercer les tympans. *Mais s'ils ne m'entendent pas, bon Dieu, au moins ils me voient ! Ils ne font que ça, me regarder, me fixer sur leur rétine crispée ! Mais ils ont le cristallin en plomb et le nerf optique en convulsions ! ? Ça mate plus ?*

Se concentrer. Rester concentrée. Oui, mais sur quoi ?... ils vont se lever et lui casser la gueule ? Ne délire pas, ne rêve pas ! C'est de la fiction ! Ils sont dans la répulsion et la désertion ! Rester concentrée sur quoi ? Le réel ? Quel réel ? Ce corps qui hurle de douleur ? Sur quoi ? Sur ma persévérance, mon mental ! Elle n'avait plus que des forces mais sentait qu'elle en perdait en chemin. Vouloir, ça suffit ?

Une voix de naufragé, éraillée et sauvage. Elle l'aurait juré, elle l'avait entendue. C'était la sienne ! ? Ses pensées continuaient à se former à la chaîne, à toute allure, denses, ordonnées, dépouillées. Une foule de pensées qui avançait en rangs serrés, en ordre de bataille, sans s'arrêter. Tout cela était bien trop précis pour ne pas être un cauchemar. Et pourtant cette lueur noire et cruelle qui la fixait... Elle suffoquait. Le rythme à l'intérieur, les cognements qui s'agitent bizarrement par moments. Quelque chose qui gonfle... Non je n'ai pas peur. Dans un cauchemar la peur réveille. Je n'ai pas peur, c'est le réel !

Mais je te fais face, salaud ! C'est moi qui vaincrai ! Le contraire n'est pas possible, pas possible ! Je suis en lutte. Je suis dans le vrai. Je ne te lâcherai pas, salaud ! Je vais les sortir ces quatre cerveaux atrophiés et minables de leur torpeur. Par pitié ou par raison ! par mon sang tout visqueux ou mon sang froid, mais je les réveillerai !

Plus elle avait conscience de son effervescence maîtrisée, de sa détermination exacerbée, moins elle supportait leur présence muette et inerte. Sa férocité s'adressait plus à eux quatre qu'à lui, ce sale type, ce salaud de type, ce minable qui... qui... Elle vit des yeux blanchis de peur saillirent de quatre visages émaciés.

Elle avait le souffle court. Et pourtant une force colossale émanait d'elle. Désespérée mais colossale. Elle allait percer leur carapace. Elle allait les écorner, les arracher, les tourmenter. Elle allait les sortir de leur léthargie. Les extirper de leur engourdissement. Elle allait donner un sens à leur présence. Nécessairement. De temps à autre quelque chose lâchait en elle, qu'elle s'empressait de recoudre. Elle colmatait les fissures. Elle écopait. *Mais qu'est ce qu'ils s'imaginent ? Ils sont au spectacle ? ça va durer combien ? ça finit quand ? L'entracte ne peut venir que de vous ! crétins !*

Ces plaies criaient. Son sexe hurlait. Ces reins étaient broyés. Son corps arc-bouté n'en pouvait plus. *Alors on ne sauve des vies que sur écran ? que par DS interposée ? Vous, les avides de violence et de sexe, vous attendez de sortir de la salle pour vous dégourdir les jambes ? et boire une bière avec les copains ? Pas mal, hein, le film ?*

Alors les fans de science fiction avec effets spéciaux et de héros sauveurs de l'humanité, on fait relâche ? on boycotte ? Y a pas assez de sang ? Mais regardez bien les détails… c'est du vrai, du vivant, là, sous vot'nez ! C'est une histoire dont vous pouvez être le héros ! C'est un authentique morceau de bravoure à votre portée ! Elle ne voyait en face d'elle que des têtes d'égarés et d'abrutis.

De l'hémoglobine pour de vrai ! de la verge quémandeuse de coups de burin ! ça ne vous motive pas ? On a le trac ? Faut qu'il me mutile plus, pour que vous vibriez ? j'ai pas mon compte ? qu'est ce qu'il vous faut pour que vous vous bougiez ? j'ai pas assez de chair à vif ?

S'affichèrent brusquement devant ses yeux ceux haineux et défiants du mec qui la transperçait. Une nausée vertigineuse la fit frissonner. Sa peau se hérissa. Elle bascula vers l'avant. Sa tête heurta celle du type. Elle se redressa brutalement. Son cœur frappait à toutes volées d'un bord à l'autre de sa cage thoracique. Elle avait l'impression d'être éventrée. A partir du sexe, jusqu'au nombril.

La cohorte de ses pensées s'ébranla à nouveau, puis reprit peu à peu son rythme cadencé. La scène était-elle sécable : eux quatre, lui et elle ? Sans lien ? sans interférence ? alors qu'elle constituait le point où se nouait l'horreur, où se fixait les regards hypnotisés ? *Dîtes-moi qu'il n'y a pas un voyou et quatre voyeurs !*

Mieux vaut être cruel que compatissant ? hein ? c'est ça le moralement correct, aujourd'hui ? Elle s'agrippait avec une énergie monstrueuse à leurs regards. Je vais débloquer leur courage. Je vais les rendre à leur humanité. Vous ne pouvez pas laisser quelqu'un à cinquante centimètres de vous se faire planter et taillader et… *Vous allez prouver de quoi vous êtes capables ? Vous avez des tripes ?*

Elle avait la bouche sèche. Son regard se troubla. La colère refusa ses larmes. Ne pas lui donner cette victoire. Elle était volontaire, têtue, opiniâtre. Elle allait tenir. Il le fallait. Et il fallait que les quatre abrutis se lèvent. Elle brûlait de hargne. Mais la douleur en profita pour monter par fulgurances si fortes qu'elle faillit vomir.

Alors ses joues blêmirent et se creusèrent. Une salive rouillée dégoulina le long des parois de sa bouche. Un reflux gastrique l'empêcha de déglutir. Elle tentait d'inspirer mais rien ne sortait de ses poumons. Elle partait à la dérive. Son bas ventre criait à tue tête tandis que des règles lancinantes faisaient une saignée dans son cerveau. Elle balbutia des mots incompréhensibles…

Soudain, elle se secoua, se redressa et reprit ses interpellations. *Alors ce petit striptease, il vous donne des sueurs chaudes ou froides ? Vos neurones sont en conciliabules érotiques ? Le divertissement vous convient ? Votre moralité irréprochable s'offre des petits frissons ? On fait l'expérience de la violence par sexe interposé ? Votre dosimètre de l'horreur grésille de bonheur ? On va plus loin ?*

Alors vous le décrassez vot'courage à deux balles ? Liquéfié, hein, comme mon sang qui se répand là en dessous ? Alors les valeureux, englués dans vos remous ? A force de tension, leurs yeux commençaient à être injectés de sang. Ce n'est pas moi qui vous fascine, hein ? c'est ce mec qui me mutile, m'entaille, m'écartèle, m'empale… Vos yeux sont injectés de sang mais vous me zyeutez toujours, sans relâche…

À moins que je ne leur sois devenue invisible, inaudible ? Elle se mit à penser que ce n'était peut-être pas la bonne stratégie. Se maîtriser. Maîtriser sa peur. Maîtriser sa douleur. Maîtriser sa respiration, son rythme cardiaque. Les réflexes revenaient. Faire diversion ? Comment contourner les palissades de leur panique ? Comment les déparalyser ? les exfiltrer de l'emprise de la peur ? deserrer l'étau de la cruauté ?

Le flot de ses pensées restait muet. Une tempête silencieuse. Un ouragan sans vent. Elle avait hurlé pourtant ? qu'avait-elle dit ? qu'avait-elle subi ? depuis combien de temps ? une seconde, une minute, une heure ? Le désarroi dérivait dans sa tête. Il frôlait son ventre comme un fantôme. Il léchait son dos comme une hyène. Il l'engloutissait.

Alors elle entrevit, elle entendit, elle sentit… Oui, vous vivez, vous bougez, vous entendez, vous pouvez vous lever, vous êtes armés, un pistolet, c'est bien ça. Vous pouvez tirer. Vous pouvez tuer. Tuer.

La violence de sa douleur, là dans le bas ventre, l'empoigna et la souleva. Sa poitrine se comprima. Vous pouvez le tuer, encore et encore. Oui, allez-y ! Des éblouissements éclataient dans son crâne. Sa salive aigre déposait des traînées sur sa langue rugueuse. Quelqu'un est debout ! ? Là, un éclair, un reflet. Une arme.

Qui parle si fort et de façon hachée ? La douleur lui broie le ventre. Elle assiège son torse, le contraint à gémir. Elle essaie de respirer mais partout la douleur l'assaille. Sa vue s'embrouille. Qui crie si fort ? Ses poumons sont comprimés. Et puis il y a cette pression autour de son cou ! C'est sûr quelqu'un est debout. Quelqu'un a crié !

Ils sont tous debout. Ils vocifèrent. Ils s'empoignent. Ils se tuent ! Ah ils se tuent ! Ils se sont levés. Ils se sont décidés. Pourquoi tous leurs cris se superposent-ils ? Ils résonnent et se superposent. Un brouhaha effrayant de cris. Tous les instruments d'un orchestre qui cherchent en même temps à s'accorder !

Et puis ça a commencé à se vriller entre le bas ventre et l'estomac. Quelque chose qui veut sortir. Qu'on veut expulser. Par le haut. Tous les organes qui veulent sortir ensemble. Oui, c'est ça, tous les organes qui veulent foutre le camp. La déroute, en bouillie, par le haut. Après ce sera bien, ce sera vidé. Complètement vidé. Le champ de bataille restera à l'abandon. En friches. Pour toujours.

Vomir, vomir, pour tout vider de soi. Tous ces méandres glauques. Tous ces regards exorbités. Toutes ces glandes nauséabondes. Tous ces fous titubants. Toutes ces sécrétions baveuses. Tout. Tout. Ah ah ah ils sont debout ! enfin ils sont debout ! Des éclairs sillonnent sa vue. Ça doit arriver comme ça une syncope. Avec quelques appels de phare.

Ils sont tous debout ! Elle va expulser un ventre mou qui n'est plus à elle. Son haleine est bourrée d'une odeur de vase. Y a une autre haleine tout près qui sent les égouts. Il fait trop chaud ! Faut ouvrir, il fait trop chaud ! Ses tempes se compriment. Ça va finir. Ils vont tous se jeter sur lui !

La mort se tient dans l'embrasure de ses yeux. Il va la lacérer, la déchiqueter, la fracasser. Il l'écrase contre le siège, contre le dossier. Son haleine pèse sur elle. Son sexe vorace l'ensevelit. Ses entrailles saignent. Elle hurle. Ou, elle pense qu'elle hurle. Ou elle croit hurler. Sortir de l'asphyxie. En sortir. L'arc de ses sourcils s'agrandit. Le vertige l'emporte.

Qui a crié ? Qui a pu crier ? Qui s'est levé ? Qui ? QUI ? Qui a eu ce courage ? QUI ? Qui s'est jeté sur lui ? Qui l'a assommé ? QUI ? QUI ? Lequel ou laquelle d'entre eux ?

QUI ?

Imprimé en France
978-2-310-01091-7
Dépôt légal : 1er trimestre 2012